크눌프

Knulp

세계문학전집 111

크눌프

Knulp

헤르만 헤세

이노은 옮김

민음사

몬타뇰라에서, 헤르만 헤세(1932년 봄)

방랑길에서 — 크눌프를 생각하며

슬퍼하지 마라. 곧 밤이 오고,
밤이 오면 우리는 창백한 들판 위에
차가운 달이 남몰래 웃는 것을 바라보며
서로의 손을 잡고 쉬게 되겠지.

슬퍼하지 마라. 곧 때가 오고,
때가 오면 쉴 테니. 우리의 작은 십자가 두 개
환한 길가에 서 있을지니
비가 오고 눈이 오고
바람이 오고 가겠지.

— 헤르만 헤세

일러두기

1 이 책은 *KNULP: Drei Geschichten aus dem Leben Knulps*(Suhrkamp, 1949)를 저본
  으로 번역했다.
2 본문의 각주는 모두 옮긴이주이다.

차례

초봄 11

크눌프에 대한 나의 회상 62

종말 89

작품 해설 133
작가 연보 147

초봄

1890년대 초, 크눌프는 몇 주 동안 병원에 누워 있어야 했다. 퇴원했을 때는 2월 중순경으로 날씨가 몹시 고약했다. 겨우 며칠을 돌아다녔을 뿐인데도 다시 열이 올라 잠시 머물 곳을 찾지 않을 수 없었다. 친구가 없는 것은 아니었다. 이 지역 어느 도시든 그를 따뜻하게 맞아줄 곳은 쉽게 찾을 수 있을 터였다. 그 점에 대해 그가 느끼는 자부심은 특별해서, 만일 누구든 그에게 도움을 주게 된다면 그것을 일종의 영예로 여겨야 할 정도였다.

이번에 그가 기억해 낸 사람은 래히슈테텐에 살고 있는 무두장이 에밀 로트푸스였다. 서풍이 불어대고 비바람이 몰아치던 어느 저녁에 크눌프는 일찌감치 잠긴 그의 집 문을 두드렸다. 무두장이는 이층 유리창의 덧문을 조금 열고는 어두운 골

11

목을 내려다보며 소리쳤다. "누구요? 날이 밝으면 오는 게 어떻겠소?"

크눌프는 무척 지쳐 있었지만 옛 친구의 목소리를 듣자 금세 힘이 솟았다. 몇 년 전 에밀 로트푸스와 한 달 동안 방랑하던 때에 지었던 시구를 기억해 낸 그는 곧바로 집 앞에서 노래를 불렀다.

> 지친 나그네 한 사람
> 주막에 앉아 있네.
> 그는 분명 다름 아닌
> 잃어버린 아들이라네.

무두장이는 급히 덧문을 열어젖히고 창밖으로 몸을 한껏 내밀었다.

"크눌프! 정말 자네인가, 아니면 귀신인가?"

"나일세!" 크눌프가 외쳤다. "그런데 이보게, 계단으로 내려올 수도 있을 텐데, 지금 창문으로 내려올 참인가?"

친구는 반가운 마음에 달려 내려와 문을 열고 그을음 나는 작은 석유램프로 방문객의 얼굴을 비추었다. 크눌프는 눈이 부셔 실눈을 뜨지 않을 수 없었다.

"어서 들어오지 않고!" 무두장이는 흥분하여 소리치며 친구를 집 안으로 이끌었다. "자세한 얘기는 나중에 듣기로 하지. 저녁 식사가 아직 남아 있고, 잠자리도 준비되어 있어. 세상에, 이런 궂은 날씨에! 그래, 장화는 튼튼한 거겠지?"

크눌프는 그가 혼자서 묻고 놀라고 하도록 내버려둔 채 계단 위에 서서 걷어 올렸던 바지를 조심스럽게 내렸다. 지난 4년 동안 한 번도 이 집에 들어선 적이 없었지만 그는 자신있게 어둠을 뚫고 위층으로 올라갔다.

위층 복도의 거실 문 앞에 이르자 그는 잠시 멈춰 서서, 안으로 들어가라고 권하는 무두장이의 손을 잡았다.

"그런데 말일세." 그가 속삭이듯 말했다. "자네, 그사이 결혼은 했겠지?"

"그럼, 물론이지."

"그래서 하는 말인데, 자네 부인은 나를 모르지 않나. 그러니 나를 반가워하지 않을 수도 있을 거야. 난 자네 부부를 방해하고 싶진 않네."

"방해는 무슨!" 로트푸스는 웃으며 문을 활짝 열어젖히더니 크눌프를 환한 거실 안으로 밀어넣었다. 거실 안의 널따란 식탁 위쪽에는 석유램프가 세 가닥의 사슬에 매달려 있었다. 희미한 담배 연기가 허공을 떠돌다가 가느다란 선을 이루며 뜨거운 램프 주위로 모여들더니, 순식간에 소용돌이 모양으로 피어오르며 사라져버렸다. 식탁에는 신문 한 장과 돼지 방광으로 만든 불룩한 담배쌈지가 있었다. 구석에 놓인 작고 좁다란 소파에서 젊은 부인이 당황하며 벌떡 일어섰다. 마치 졸다가 놀라 깬 사람이 그것을 감추려는 듯한 모습이었다. 크눌프는 한순간 강렬한 빛에 놀라기라도 한 것처럼 눈을 깜박이더니 부인의 연회색 눈을 들여다보며 정중한 인사말과 함께 손을 내밀었다.

"집사람일세." 주인은 웃으며 소개했다. "이 사람은 크눌프, 내 친구 크눌프야. 우리가 전에 이 친구에 대해 얘기를 나눴던 적도 있잖아. 당연히 우리 집에서 묵을 거고, 기능공 침대에서 자게 될 거야. 지금 비어 있으니까. 하지만 우선 같이 한잔해야지. 그리고 크눌프는 요기를 해야 하고. 간 소시지가 아직 좀 남아 있지?"

부인이 급히 밖으로 나갔고, 크눌프는 그 뒷모습을 바라보았다.

"부인이 약간 놀란 것 같네." 그가 나지막이 말했다. 하지만 로트푸스는 그의 말을 수긍하려 들지 않았다.

"아이는 아직 없나?" 크눌프가 물었다.

그때 그녀가 다시 들어와서, 소시지가 담긴 주석 접시를 가져다 놓고 그 옆에 빵 쟁반을 놓았다. 가장자리를 따라 둥글게 '오늘 우리에게 일용할 양식을 주옵소서'라는 글귀가 돋을새김된 쟁반 한가운데에는 검은 빵 반 조각이 잘린 면을 아래쪽으로 한 채 얌전하게 놓여 있었다.

"여보, 리스, 방금 크눌프가 내게 뭘 물어봤는지 알아?"

"그만두게나!" 크눌프가 가로막았다. 그리고 미소 지으며 부인을 향해 말했다. "그럼 잘 먹겠습니다, 부인."

하지만 로트푸스가 그대로 있지 않았다.

"우리에게 아이가 없느냐고 이 친구가 물었다니까."

"아이참!" 그녀는 웃으면서 다시 나갔다.

"아이가 없는 건가?" 그녀가 나가고 나자 크눌프가 물었다.

"응, 아직 없어. 집사람이 서두르지 않았으면 해서. 신혼에야 그게 더 좋은 법 아닌가. 그나저나 어서 들어, 맛있게 먹게!"

부인이 이번에는 회청색 사기로 만든 과실주 항아리를 들고 들어와 잔 세 개를 세우고는 술을 가득 따랐다. 그녀는 이 모든 일을 능숙하게 해냈고, 크눌프는 그 모양을 바라보며 미소 지었다.

"건배하세, 옛 친구!"라고 외치며 주인은 크눌프를 향해 자신의 잔을 내밀었다. 크눌프가 예의 바르게 응수했다. "먼저 부인들을 위해 건배해야지. 자, 부인의 건강을 위하여! 그리고 옛 친구를 위하여 건배!"

그들은 잔을 부딪친 후 마셨다. 로트푸스는 기쁨으로 얼굴을 빛내며 자신의 친구가 얼마나 예절 바른 사람인지 보라는 듯 아내를 향해 눈짓했다.

하지만 그녀는 일찌감치 그것을 알아채고 있었다.

"보세요." 그녀가 말했다. "크눌프 씨는 당신보다 예의가 바르시잖아요. 예절이 무엇인지를 아시는 분이에요."

"아닙니다." 손님이 말했다. "배우기만 하면 누구나 다 그렇게 하는 거죠. 예절에 관해서라면 저 같은 사람은 부인에게 갖다 댈 수가 없을 것 같은데요. 훌륭하게 대접해 주시니 꼭 최고급 호텔에 있는 기분입니다."

"사실이야." 주인이 웃으며 말을 받았다. "하지만 이 사람도 역시 배운 거지."

"그래요? 어디서죠? 아버님이 호텔 주인이셨습니까?"

"아니에요, 아버지는 돌아가신 지 벌써 오래인걸요. 전 아버지를 제대로 뵌 적도 없답니다. 혹시 아실지 모르겠는데, 옥센이란 곳에서 제가 몇 년간 일을 한 적이 있거든요."

"옥센이요? 그곳이라면 옛날에 이곳 래히슈테텐 최고의 호
텔이었지요." 크눌프가 감탄하며 말했다.

"지금도 마찬가지예요. 그렇죠, 에밀? 숙박하는 손님들은
거의 다 출장 중인 사업가나 관광객이었어요."

"그럴 겁니다, 부인. 분명히 그곳에서 재미있게 지내면서, 돈
도 꽤 버셨겠는데요! 하지만 자신의 가정을 꾸려가는 게 훨씬
더 좋지 않습니까?"

그는 천천히 음미하며 부드러운 소시지를 썰어 빵 위에 얹
고 깨끗이 벗겨낸 껍질은 접시 가장자리에 밀어두었다. 때때
로 잘 익은 노란색 사과주를 한 모금 마시기도 했다. 주인은
그가 가느다랗고 섬세한 손으로 필요한 일들을 그토록 깔끔
하게, 유희하듯 해내는 모양을 유쾌하면서도 경이로운 마음으
로 지켜보았고, 그의 아내 또한 그 모습을 만족스럽게 바라보
았다.

"자네 그다지 좋아 보이지는 않는군." 에밀 로트푸스는 이
제 그를 나무라기 시작했다. 크눌프는 얼마 전에 몸이 아주 좋
지 않아 병원에 입원해 있었다는 것을 고백하지 않을 수 없
었다. 하지만 그는 언짢을 만한 이야기에 대해서는 입을 다물
었다. 그의 친구는 이제 어떤 일을 시작할 생각인지를 묻고는,
언제까지라도 식사와 잠자리를 제공하겠다고 진심으로 제안
했다. 바로 자신이 예상하고 기다렸던 제안이었는데도, 크눌프
는 갑자기 수줍어하며 대답을 피했다. 그는 가볍게 고마움을
표시하고 이 문제에 대한 이야기를 나중으로 미루는 것이었다.

"그 문제에 관해서는 내일이나 모레 다시 얘기하지." 크눌프는 무심한 어조로 말했다. "오늘만 날인 것은 아니니까. 그리고 나는 어쨌든 얼마간은 이곳에 머물 테니 말일세."

그는 장기간에 걸친 계획이나 약속을 좋아하지 않았다. 다음 날을 자신이 원하는 대로 자유롭게 사용할 수 없게 되면 그는 불편을 느꼈다.

"내가 정말로 얼마 동안 이곳에 머물게 될 경우엔," 그는 다시 말을 이었다. "날 자네의 기능공으로 등록시켜 줘야 하네."

"말도 안 되는 소리!" 주인은 웃음을 터뜨렸다. "자네가 나의 기능공이라니! 게다가 자네는 무두질에 대해 전혀 모르잖나."

"상관없네, 무슨 말인지 모르겠나? 무두장이 일 자체에는 난 전혀 관심이 없네. 그것은 멋진 일일 테지만 내게 그 일을 할 만한 재능이 없는 게 사실이니까. 하지만 나의 편력수첩[1]을 위해서는 도움이 될 거란 말일세. 치료비도 좀 보탤 수 있을 테고."

"자네의 편력수첩을 한번 봐도 되겠나?"

크눌프는 거의 새 옷에 가까운 양복 속주머니에 손을 집어넣어 방수포 덮개 안에 깔끔하게 끼워둔 물건을 꺼냈다.

무두장이 친구는 그것을 들여다보며 웃음을 터뜨렸다. "언제나 흠잡을 데가 없어! 어제 아침에야 집을 떠난 것처럼 되어 있으니."

---

1) 장인이 되기 위해 의무적으로 편력 기간을 거쳐야 하는 기능공들의 증명서.

그리고 다시 기입된 사항과 도장 등을 자세히 들여다보고는 놀라움에 고개를 저었다. "정말 완벽해! 자네의 손이 닿으면 모든 것이 아주 고상해진단 말일세."

편력수첩을 그렇게 완벽하게 만들어 지니는 것은 크눌프가 좋아하는 일 중의 하나였다. 흠잡을 데 없는 그 수첩은 그럴듯하게 지어낸 우아한 허구였다. 그 안에 기입된 공공기관의 공중 사항들은 정직하고 건실한 삶이 거쳐 온, 진실로 영광스러운 체류지들을 보여주고 있었는데, 그 삶에서 눈에 띄는 것이라곤 장소가 매우 자주 바뀌는 데서 알 수 있는 그의 방랑벽뿐이었다. 이 공식 증명서가 입증해 주고 있는 삶은 크눌프 자신이 지어낸 것이었으며, 그는 온갖 수단을 다해 이 위태위태한 허구의 삶을 유지해 나가고 있었다. 현실의 그는 금지된 일을 저지르는 사람은 아니었지만 직업도 없는 방랑자로서 불법적이고 비천한 존재였다. 모든 경관들이 그에게 호의적이지 않았더라면 그가 이렇게 멋진 허구의 삶을 방해받지 않고 지속해 나가는 것은 완전히 불가능했을 것이다. 그들은 이 명랑하고 유쾌한 사내가 정신적으로 탁월하고 때때로 진지하다는 점을 존중해 주었으며, 가능한 한 그를 괴롭히지 않고 내버려두었다. 그는 전과가 거의 없었으며 절도나 구걸을 하다가 들킨 일도 없었다. 또한 여러 곳에 점잖은 친구들을 두고 있었다. 그래서 사람들은 그의 일을 내버려두는 것이었다. 그것은 마치 가정집에서 모든 사람들이 너그러이 대해 주는 귀여운 고양이가 부지런히 힘겨운 삶을 살고 있는 사람들 사이에서 홀로 아무 걱정 없이 기품 있게, 화려할 정도로 당당하게 무위도식하고 있는 모습과도 같았다.

"내가 오지 않았더라면 벌써 한참 전에 잠자리에 들었을 텐데."

크눌프가 자신의 수첩을 다시 집어넣으면서 말했다. 그는 일어나서 부인에게 인사를 건넸다.

"가세, 로트푸스, 내 침대가 어디 있는지 보여줘."

주인은 등불을 비추며 좁은 계단을 통해 그를 꼭대기 층의 기능공 방으로 데리고 올라갔다. 방 안에는 텅 빈 철제 침대가 벽 쪽에 놓여 있었고, 그 옆에 침구가 갖추어진 목재 침대가 하나 있었다.

"온수병을 넣어줄까?" 주인은 아버지처럼 자상하게 물었다.

"바로 그게 없구먼." 크눌프가 웃으며 답했다. "자네야 저렇게 귀엽고 자그마한 부인이 곁에 있으니 전혀 필요가 없겠는걸."

"그래, 맞아." 로트푸스는 아주 진지한 표정이 되어 말했다. "자네는 지금 다락방의 차가운 기능공 침대에 올라야 해. 때로는 더 험한 잠자리에 들어야 할 때도 있겠고, 어떤 때는 그조차도 아예 없어서 건초더미에서 자야 하는 경우도 있겠지. 그런데 나 같은 사람은 집과 가게가 있고 사랑스러운 아내도 있네. 이보게, 자네도 마음만 먹었다면 이미 오래전에 장인이 되었을 테고 나보다 훨씬 더 잘살 수 있었을 거야."

크눌프는 그사이에 재빨리 옷을 벗어버리고는, 오싹한 한기를 느끼며 싸늘한 침구 속으로 기어들었다.

"할 말이 아직 많은가?" 그가 물었다. "이렇게 편히 누워 듣기로 하지."

"난 진심으로 얘기한 거야, 크눌프."

"나도 마찬가지야, 로트푸스. 하지만 결혼이란 걸 자네가 고안해 내기라도 한 것처럼 얘기할 것까지는 없네. 그럼 잘 자게!"

다음 날 크눌프는 침대 속에 계속 누워 있었다. 여전히 기운이 나지 않았고 날씨도 궂어 길을 나서기가 어려웠다. 오전에 잠시 들른 무두장이에게 크눌프는 자신이 조용히 누워 있도록 해주고, 정오에 수프 한 접시만 올려다 달라고 부탁했다.

그리하여 그는 하루 종일 어둑한 다락방에서 조용하고 편안하게 누운 채, 추위와 방랑의 고통이 사라지는 것을 느끼며 따뜻하게 보호받고 있다는 행복감에 즐거이 잠겨 있었다. 빗줄기가 호들갑스럽게 지붕을 두들겨 댔고, 건조한 열풍이 변덕스럽게 몰아치고 있었다. 그사이 그는 설풋 잠이 들기도 했고, 방 안에 빛이 충분할 때는 자신의 여행 자료집을 들여다보기도 했다. 그것은 시구와 격언을 옮겨 적어둔 종이 몇 장과 신문기사들을 오려 만든 작은 묶음으로 이루어져 있었다. 그가 주간지에서 발견하여 오려둔 사진도 몇 장 그 안에 들어 있었는데, 그중 두 장은 그가 특별히 좋아하는 사진으로 자주 꺼내 본 탓에 이미 너덜너덜했다. 한 장은 여배우 엘레오노라 두제의 사진이었고, 다른 한 장은 강풍이 휘몰아치는 거친 바다 위에 떠 있는 범선의 사진이었다. 크눌프는 어릴 때부터 북부 지방과 바다에 대해 아주 특별한 관심을 가지고 있었다. 그곳을 향해 길을 떠난 것도 여러 번이었으며, 한번은 브라운 슈바이크 지방까지 가기도 했다. 하지만 언제나 유랑 중일 뿐, 어느 곳에도 오래 머무를 줄 몰랐던 이 떠돌이는 매번 기이한 불안과 향수를 느끼며 남부 독일을 향해 재빨리 되돌아오곤 했다. 그것은 낯선 사투리와 풍습을 지닌 지역에 이르러, 아무도 그를 알지 못하고 황당무계한 편력수첩을 완벽하게 유지하는 것이 어려워지면 그의 태평함이 사라져버리기 때문인지도 몰랐다.

점심때가 되자 무두장이가 수프와 빵을 가지고 올라왔다. 그는 조용조용히 걷고 겁에 질린 것처럼 속삭이는 소리로 말했다. 왜냐하면 그는 크눌프가 아프다고 생각했으며, 그 자신 어렸을 때 아팠던 이후로는 밝은 대낮에 침대에 누워 있어본 적이 한 번도 없었기 때문이다. 크눌프는 아주 건강하다고 느꼈지만 구태여 설명하려 애쓰지 않았다. 다만 내일이면 자신이 다시 건강하게 일어날 거라는 점만을 약속하였다.

오후 늦게 누군가가 방문을 두드렸다. 그런데 크눌프가 얕은 잠에 빠져 대답을 하지 않자, 여주인이 조심스럽게 들어와 빈 수프 접시 대신 밀크커피 한 잔을 침대 곁 의자 위에 놓았다.

그녀가 들어오는 소리를 들은 크눌프는 피곤하기도 하고 변덕스러운 마음이 들기도 해서 눈을 감은 채로 누워 깨어나지 않은 체하고 있었다. 여주인은 손에 빈 접시를 들고는 잠들어 있는 사람을 흘끗 쳐다보았다. 그는 파란 체크무늬 셔츠 소매를 반쯤 걷어 올린 채, 팔 위에 머리를 괴고 있었다. 그런데 그 짙은 머리카락의 섬세함과 평화로운 얼굴에 깃든 어린아이 같은 아름다움이 그녀의 눈길을 강하게 잡아끌어 그녀는 한동안 멈춰 선 채 그 아름다운 사내를 들여다보았다. 이 사내에 대해 그녀의 남편은 놀라운 이야기를 많이 해주었다. 그녀는 그의 감긴 두 눈 위로 매력적이고 밝은 이마 위에 그려진 짙은 눈썹과 좁지만 갈색을 띤 뺨, 매력적인 선홍색 입술과 갸름한 목을 바라보았다. 모든 게 그녀의 마음에 들었다. 문득 그녀는 자신이 옥센에서 종업원으로 일하면서 때때로 봄날의 변덕스러운 기분에 빠져 이런 멋진 낯선 청년의 사랑을 받아들이던 시절을 떠올렸다.

그녀가 꿈꾸듯 가볍게 흥분하여 그의 얼굴을 전부 보려고 앞으로 몸을 조금 숙이는데, 은수저가 접시에서 미끄러져 바닥에 떨어졌다. 그러자 방의 적막과 밀폐된 듯한 은밀함 속에 잠겨 있던 그녀는 소스라쳐 놀랐다.

이때 크눌프가 마치 깊이 잠들어 있었던 것처럼 천천히 무심하게 눈을 떴다. 그는 고개를 돌려 위를 올려다보고는, 잠시 손을 눈 위에 얹은 채 미소 지으며 말했다. "이런, 부인께서 와 계시다니! 제게 커피를 가져오셨군요! 맛있고 따뜻한 커피, 바로 이 순간 제가 꿈꿨던 겁니다. 정말 고맙습니다, 로트푸스 부인! 그런데 지금 시간이 어떻게 됐죠?"

"4시예요." 그녀가 재빨리 말했다. "커피가 따뜻할 때 어서 드세요. 그릇은 제가 나중에 다시 가져갈게요."

그 말을 남기고 그녀는 바쁜 듯이 밖으로 나갔다. 크눌프는 그녀의 뒷모습을 바라보고 그녀가 급히 계단을 내려가는 소리를 들었다. 그는 생각에 잠긴 눈길로 고개를 여러 번 저었다. 그리고 나서 나지막한 새소리로 휘파람을 불며 커피를 향해 손을 뻗었다.

날이 어두워지고 한 시간쯤 지나자 그는 지루해졌다. 그는 아주 편안하고 호사스러운 휴식을 취했다고 느꼈고, 이제 다시 사람들이 있는 곳에 가보고 싶은 마음이 생겼다. 유쾌한 기분으로 일어난 그는 옷을 입고 어둠 속에서 조용히, 마치 담비처럼 살그머니 계단을 내려가 아무도 눈치채지 못하게 그 집을 빠져나왔다. 습기를 머금은 바람이 남서쪽으로부터 여전히 세차게 불어오고 있었다. 그러나 비는 더 이상 내리지 않았고 하늘에는 커다란 별들이 밝고 또렷하게 자리하고 있었다.

공기를 들이마시며 크눌프는 저물녘의 거리를 활보하고, 인적 없는 광장을 가로질러 갔다. 대장간의 열린 문 앞에서 걸음을 멈춘 그는 기능공들이 청소하는 모습을 바라보며 그들과 이야기를 나누고 진홍색으로 번쩍이는 연통에 차가워진 두 손을 갖다 댔다. 그러면서 그는 재빨리 시내의 여러 지인들의 소식을 묻고 또 누가 죽거나 결혼했는지에 대해 물었는데, 그가 모든 작업 용어와 식별 신호들을 익숙하게 사용했기 때문에 대장장이는 크눌프를 같은 직종 사람이라고 생각했다.

그 시각, 로트푸스 부인은 저녁 수프를 준비하기 시작했다. 그녀는 철거덕거리며 작은 화덕의 쇠고리들을 정돈하고는 감자의 껍질을 벗겼다. 그 일이 다 끝나고 수프가 약한 불 위에서 제대로 끓기 시작하자 그녀는 부엌의 램프를 들고 거실로 올라가 거울 앞에 섰다. 거울 속에서 그녀는 자신이 찾던 것을 발견했다. 청회색 눈동자와 생기발랄한 뺨을 가진 통통한 얼굴. 그 얼굴이 더 멋져 보이도록 그녀는 민첩한 손길로 재빨리 머리를 매만졌다. 그러고 나서 깨끗이 씻은 두 손을 다시한 번 앞치마에 문지른 그녀는 램프를 집어 들고 잽싸게 다락방으로 올라갔다.

그녀는 기능공 방의 문을 조용히 두드렸다. 다시 한 번 좀더 크게 두드렸는데도 대답이 없자 그녀는 램프를 바닥에 내려놓고 삐걱거리는 소리가 나지 않도록 두 손으로 조심스럽게문을 열었다. 그녀는 까치발로 한 걸음 걸어 들어가 침대 곁의의자를 손으로 더듬어 찾았다.

"주무세요?" 그녀는 목소리를 낮추어 물었다. 한 번 더 물었다. "주무시나요? 그릇 좀 가져가려고 왔어요."

너무나 조용하고 숨소리조차 들리지 않자 그녀는 침대 쪽으로 손을 내밀어 보았다. 하지만 뭔가 섬뜩한 느낌에 다시 손을 거두고는 램프를 가지고 들어왔다. 방은 비어 있고 침대가단정하게 정돈되어 있을 뿐 아니라 베개와 깃털 이불까지 깔끔하게 개켜져 있는 것을 본 그녀는 염려스러운 마음과 실망스러운 마음 사이에서 혼란을 느끼며 부엌으로 되돌아갔다.

30분쯤 후에 무두장이가 저녁 식사를 하러 올라오고 식탁이 다 차려지자, 부인은 다시 걱정이 되기 시작했지만 남편에게 자신이 다락방에 올라갔던 것을 이야기할 용기가 나지 않았다. 그때 아래층에서 문이 열리고 복도를 지나 구부러진 계단을 가볍게 올라오는 발소리가 들리더니 크눌프가 나타나 멋진 갈색 펠트 모자를 벗어 들며 인사하는 것이었다.

"아니, 도대체 어딜 갔다 오는 거야?" 주인은 놀라서 소리쳤다. "아픈 사람이 이 밤에 그 몸으로 나돌아 다니다니! 죽음을 재촉하는 일 아닌가."

"지당하신 말씀이야." 크눌프가 말했다. "안녕하셨습니까, 로트푸스 부인. 제가 때맞춰 왔군요. 부인이 만드신 맛있는 수프 냄새를 저 광장에서부터 맡았습니다, 죽음도 몰아낼 수 있겠는데요."

모두들 식탁에 둘러앉았다. 주인은 수다스럽게 자신이 가정적인 사람이며, 장인의 신분을 가지고 있다는 점을 떠벌렸다. 그는 손님을 놀려대고 나서, 끝없는 방랑과 무위도식을 이제는 그만둘 때라고 다시금 진지하게 충고했다. 크눌프는 귀 기울여 들으며 대답은 거의 하지 않았고, 여주인은 한마디도 하지 않았다. 예절 바르고 근사한 크눌프 옆에 있으니 투박해 보이기만 하는 자신의 남편에 대해 그녀는 화가 났다. 그녀는 정성스럽게 대접함으로써 손님에 대한 자신의 호감을 표시했다. 시계가 10시를 울리자 크눌프는 저녁 인사를 하고서 무두장이에게 면도용 칼을 빌려달라고 했다.

"깔끔하기도 하지." 로트푸스는 칼을 건네주면서 추켜세웠다. "턱이 근질근질하기만 해도 수염을 밀어내 버리는군. 그럼 잘 자게, 어서 나아야지!"

크눌프는 잠깐 날씨도 살피고 이웃집들도 내다보고 싶어서, 방으로 들어가기 전에 다락으로 통하는 계단 위쪽의 작은 창문에 몸을 기댔다. 바람은 잠잠했고 지붕들 사이로 보이는 작고 검은 하늘에서는 물기 머금은 별들이 또렷하게 빛을 발하고 있었다.

그가 막 고개를 안으로 들이고 창문을 닫으려는데 이웃집의 맞은편에 나 있는 작은 창문이 갑자기 밝아졌다. 그는 자신의 방과 구조가 거의 비슷한, 작고 천장이 낮은 그 방을 바라보았다. 어린 하녀가 문을 열고 들어왔는데, 한 손에는 놋쇠 촛대를 들고 왼손으로는 커다란 물동이를 들고 와서 바닥에 내려놓았다. 그러고 나서 촛대를 들어 좁은 하녀용 침대 쪽을 비추었다. 침대에는 두툼하고 빨간 모직 이불이 소박하고 단정하게 덮여 있어서 어서 잠자리에 들라고 부르는 듯했다. 그녀는 촛대를 내려놓았는데 어디에 두었는지는 보이지 않았다. 그녀는 하녀라면 으레 하나씩 가지고 있는 나지막한 녹색 여행가방 위에 걸터앉았다.

크눌프는 거기서 예기치 않았던 장면이 펼쳐지기 시작하자 들키지 않도록 즉시 자신의 등불을 불어서 꺼버리고는 은밀하게 창문 밖으로 몸을 내밀었다.

그 어린 하녀는 그가 좋아하는 타입이었다. 그녀는 대략 열여덟이나 열아홉 살 정도 되었는데, 키는 그다지 크지 않았고 갈색빛 도는 건강한 얼굴에 갈색 눈과 숱이 많은 짙은 색 머리칼을 가지고 있었다. 이 조용하고 단정한 얼굴은 전혀 행복해 보이지 않았고, 그녀는 그저 단단한 녹색 여행가방 위에 무척 근심스럽고 슬픔에 잠긴 모습으로 앉아 있을 뿐이었다. 그래서 세상에 대해, 또 아가씨들에 대해 잘 알고 있는 크눌프로서는 이 어린 여자애가 그 가방을 들고 낯선 곳으로 온 지얼마 되지 않았으며, 고향을 그리워하고 있다는 것을 쉽게 짐작할 수 있었다. 그녀는 갈색의 야윈 두 손을 무릎 위에 힘없이 엃은 채, 잠자리에 들기 전 잠시 동안 자신의 작은 소유물 위에 앉아 고향의 거실을 떠올림으로써 짧은 위안이나마 찾고 있는 것이었다.

그녀가 방 안에 움직임 없이 앉아 있는 것과 마찬가지로 크눌프 역시 작은 창 곁에 붙어선 채 기이한 긴장감 속에서 그 어리고 낯선 사람을 건너다보고 있었다. 천진스럽게 양초 불빛 속에 앉아 있는 그녀는 누군가가 자신을 엿보고 있으리라고는 생각도 못 하고 있었다. 그는 갈색의 선량해 보이는 두 눈이 때로는 이쪽을 향한 채 한껏 어둡게 빛나기도 하고, 다시 긴 속눈썹으로 덮이기도 하는 모습을 바라보았다. 갈색의 어린아이 같은 뺨 위에서는 발간 불빛이 조용히 아른거리고 있었고, 야위고 어린 두 손은 이제 지쳐서, 마지막으로 해야 할 옷 벗는 일조차 잠시 미룬 채 암청색 무명 옷 위에서 쉬고 있었다.

마침내 어린 하녀는 한숨을 내쉬며 묵직하게 땋아서 틀어 올린 머리를 들었다. 그러고는 깊은 생각에 잠겨 여전히 근심스럽게 허공을 바라보더니, 신발 끈을 풀기 위해 몸을 깊이 숙이는 것이었다.

크눌프는 벌써 그 자리를 떠나고 싶지는 않았다. 하지만 그 가여운 아이가 옷 벗는 것을 지켜본다는 것은 떳떳하지 못할 뿐 아니라 거의 잔인한 짓처럼 여겨졌다. 차라리 그는 그녀를 불러서 잠시 이야기를 나누고 몇 마디 농담으로 그녀가 조금이나마 즐거운 기분이 되어 침대에 들도록 해주고 싶었다. 하지만 만일 자신이 소리쳐 부를 경우 그녀가 깜짝 놀라 바로 불을 꺼버리지나 않을까 걱정이 되었다.

그래서 그는 자신이 가진 여러 가지 간단한 재주 가운데 하나를 펼치기 시작했다. 마치 먼 곳에서 들려오는 소리처럼 아주 섬세하고 아름답게 휘파람을 불기 시작한 것이다. 그가 휘파람으로 부른 노래는 「차가운 대지 속, 그곳에서 물레방아 돌아간다네」였다. 그가 그 곡을 너무나 섬세하고 아름답게 불었기 때문에 아가씨는 한동안 그것이 무엇인지도 제대로 모르고서 그저 귀를 기울여 듣고만 있었다. 노래가 3절에 이르러서야 그녀는 천천히 몸을 일으키더니 귀 기울인 자세 그대로 창가로 걸어왔다.

그녀는 고개를 밖으로 내밀고 크눌프가 계속해서 나지막하게 휘파람을 부는 동안 조용히 듣고 있었다. 그녀는 멜로디에 맞추어 몇 박자 고개를 흔들다가, 갑자기 눈을 들더니 어디서 그 음악이 흘러나오는지를 알아차렸다.

"거기 누가 계신가요?" 그녀가 나지막한 소리로 물었다.

"무두질 기능공이랍니다." 똑같이 나지막한 대답이 들려왔다. "아가씨의 잠을 방해할 생각은 없습니다. 다만 고향이 좀 그리워져서 휘파람으로 노래를 한 곡 불어보았을 뿐이지요. 하지만 재미있는 곡도 불 수 있답니다. 당신도 이곳에 오신 지 얼마 안 됐죠, 아가씨?"

"전 슈바르츠발트에서 왔어요."

"아니, 슈바르츠발트라고요! 나도 그래요, 우린 고향이 같군요. 래히슈테텐이 마음에 드십니까? 난 정말 싫은데요."

"글쎄, 뭐라 말하기가 어려워요 여기 온 지 겨우 일주일밖에 안 됐거든요. 하지만 나도 이곳이 그다지 마음에 들진 않아요. 당신은 이곳에 온 지 오래되었나요?"

"아녜요, 사흘 됐어요. 그런데 동향인끼리는 서로 말을 놓는 건데, 안 그래요?"

"싫어요, 그럴 수는 없어요. 우린 서로 전혀 알지도 못하잖아요."

"지금 서로 모른다는 것은 장차 알게 될 수도 있다는 거죠. 산과 골짜기는 서로에게 다가갈 수 없지만 사람은 가능하니까요. 당신 고향은 어디죠, 아가씨?"

"아마 모르실 거예요."

"알 수도 있죠. 혹시 비밀입니까?"

"아흐트하우젠이에요. 작은 마을이죠."

"하지만 아름다운 곳이죠. 안 그래요? 마을 앞 모퉁이에는 작은 교회당이 있고 물레방아인지 목공소인지도 하나 있는데, 그 집에서는 커다랗고 누런 세인트버나드 개를 기르죠. 맞습니까, 틀립니까?"

"벨로 말이군요, 세상에!"

그가 자신의 고향에 대해 잘 알고 있고, 정말로 그곳에 가보았다는 것을 알게 되자 그녀가 품고 있던 의혹과 두려움이 많이 가셨고, 이제 그녀는 아주 열의를 띠었다.

"그럼 안드레스 플리크를 아시나요?" 그녀가 빠른 어조로 물었다.

"아뇨, 그곳 사람은 아무도 모릅니다. 그런데 그분이 당신 아버지신가 보죠?"

"네."

"아하, 그렇다면 당신은 플리크 양이겠군요. 이제 당신의 이름까지 알게 되면, 내가 또다시 아흐트하우젠 지방을 지나가게 될 때 당신에게 엽서를 쓸 수 있을 텐데요."

"벌써 이곳을 떠날 생각이신가요?"

"아뇨, 그렇진 않습니다. 하지만 당신의 이름을 알고 싶군요. 플리크 양."

"아이참, 저도 당신의 이름을 모르고 있는걸요."

"죄송합니다, 알려드려야죠. 제 이름은 카를 에버하르트입니다. 우리가 앞으로 낮에 다시 만나게 될 경우에 절 뭐라고 불러야 할지 아시겠죠. 전 당신을 뭐라고 불러야 하겠습니까?"

"바르바라예요."

"그렇군요, 정말 고마워요. 하지만 당신 이름은 발음하기가 어려운데요. 내기를 해도 좋아요, 고향에서는 당신을 배르벨레라고 불렀을 겁니다."

"그렇게도 불러요. 이미 모든 걸 다 알고 있으면서 왜 그렇게 많이 물어보시는 거예요? 하지만 이제는 끝내야 할 시간이네요. 안녕히 주무세요, 무두장이 씨."

"안녕히 주무십쇼, 배르벨레 양. 편안히 주무세요. 특별히 당신을 위해 휘파람으로 노래 한 곡을 더 불어드리고 싶습니다. 가지 마세요, 공짜니까요."

그러고 나서 그는 곧바로 휘파람을 불기 시작했는데, 아주 예술적인 요들송을 화음과 떨림음까지 넣어가며 불었기 때문에 그 소리가 마치 무용곡처럼 현란하였다. 그 기교가 너무나 뛰어난 것에 감탄하며 그녀는 귀 기울여 들었고, 이윽고 노래가 그치자 가만히 유리창 덧문을 안으로 닫고 잠갔다. 그사이 크눌프는 등불도 켜지 않고 자신의 방으로 들어갔다.

아침이 되자 크눌프는 이번에는 적당한 시간에 일어나 무두장이의 면도용 칼을 사용하였다. 그런데 무두장이는 이미 몇 년 전부터 수염을 기르고 있었기 때문에 칼을 쓰지 않고 내버려두어서, 크눌프는 거의 30분 동안이나 칼날을 자신의 바지 멜빵에 대고 갈고 나서야 면도를 할 수 있었다. 면도를 마치자 그는 양복을 입고 장화를 손에 들고 부엌으로 내려갔다. 그곳은 따뜻했고 이미 커피 향내가 나고 있었다.

그는 부인에게 장화를 닦기 위한 솔과 구두약을 빌려달라고 청했다.

"세상에!" 그녀가 외쳤다. "그건 남자 분이 하실 일이 아니에요. 제가 해드릴게요."

하지만 그는 그것을 허락하지 않았다. 그녀가 마침내 어색한 웃음을 지으며 구두 닦는 도구들을 그 앞에 내밀자, 그는 철저하고 깔끔하게, 그와 동시에 즐겁게 구두를 닦았다. 그는 때때로 기분이 내킬 때만 일을 하되, 일단 시작하면 정성을 다해 즐겁게 일하는 사람이었던 것이다.

"정말 멋지군요." 그녀는 감탄하며 그를 바라보았다. "모든 것이 반짝반짝하는 게, 마치 바로 애인에게라도 갈 것처럼 보이는데요."

"아, 정말 그렇다면 너무 좋겠는데요."

"그런 것 같은데요. 분명히 예쁜 애인이 있으실 테죠." 그녀가 집요하게 물으며 웃어댔다. "어쩌면 한 명만이 아닐지도 모르죠?"

"에이, 그건 좋은 게 아닙니다." 크눌프는 유쾌한 어조로 반박했다. "그녀의 사진을 한 장 보여드리죠."

그가 윗옷 안주머니에서 방수포로 만든 작은 주머니를 꺼내고 두제의 사진을 찾아 끄집어내는 동안 호기심에 가득 차 그녀가 다가섰다. 그녀는 그 사진을 흥미롭게 들여다보았다.

"정말 매력적인데요." 그녀는 조심스럽게 칭찬하기 시작했다. "거의 완벽해 보이는 아가씨로군요. 다만 좀 야윈 것 같은데. 건강하기는 한가요?"

"제가 아는 바로는 그렇습니다. 자, 이제 주인어른을 만나러 가야죠. 거실에서 그의 기척이 들리는군요."

크눌프는 위로 올라가 무두장이와 인사를 나눴다. 거실은 말끔히 청소가 되어 있었고, 밝은 색조의 나무 벽과 벽에 걸린 시계, 거울, 사진 등이 어우러져 친근하고 안락한 분위기를 이루고 있었다. 겨울에는 이렇게 깔끔한 거실도 나쁘지 않다고 크눌프는 생각했다. 하지만 그것을 위해 결혼해야 할 만큼 가치 있는 것은 결코 아니었다. 그는 여주인이 자신에게 호감을 보이는 게 전혀 즐겁지 않았다.

밀크커피까지 마시고 난 후 그는 로트푸스를 따라 마당과 창고로 가서 무두질하는 전 과정을 구경하였다. 그는 작업 전반에 대해 잘 알고 있었고 아주 전문적인 질문을 던져 친구를 매우 놀라게 했다.

"대체 그 모든 것을 어디서 알게 된 건가?" 그가 활기찬 어조로 물었다. "사람들이 보면 자네가 정말로 무두질 기능공이거나 예전에 기능공이었을 거라고 믿겠네."

"여행을 하다 보면 모든 걸 배우게 되지." 크눌프의 차분한 대답이었다. "게다가 말일세, 무두질에 관한 거라면 바로 자네가 내 스승이었다네. 자네 기억 안 나나? 6년 전인가 7년 전에 우리가 함께 여행 다닐 때 자네가 내게 그 모든 걸 설명해준 게 분명한데 말이야."

"아니 그걸 지금까지 전부 다 기억하고 있단 말인가?"

"일부분일세, 로트푸스. 이젠 자네를 그만 방해해야겠네. 미안하네, 자네를 조금이라도 도와줘야 하는 건데, 저 아래는 너무 습기 차고 숨이 막혀서 말일세. 난 아직도 기침을 많이 하거든. 그러니 가보겠네, 친구. 비가 내리지 않으면 시내엘 좀 가볼까 하네."

그는 갈색 펠트 모자를 약간 뒤로 젖혀 쓴 채 집을 나서서 무두장이네 골목을 따라 천천히 시내 쪽으로 걸음을 옮겼다. 로트푸스는 문 안으로 들어선 채, 크눌프가 깨끗이 솔질한 옷차림으로 빗물 웅덩이를 조심스럽게 피하면서 가볍고 유쾌하게 걸어가는 모습을 바라보고 있었다.

'저 친구는 정말 좋겠어.' 무두장이는 약간의 질투심을 느끼며 그런 생각을 했다. 그는 자신의 일터인 물웅덩이 쪽으로 가면서, 그저 구경하는 것 외에는 삶에 대해 아무것도 바라지 않는 이 독특한 친구에 대해 곰곰 생각해 보았다. 그러나 크눌프의 이런 태도를 거만한 것이라 해야 할지 겸손하다고 해야 할지는 알 수 없었다. 일을 하고 발전을 이루어가는 사람은 당연히 여러 가지 면에서 더 나은 삶을 살기는 하지만, 결코 그토록 매력적이고 아름다운 손을 가질 수 없으며 그토록 가볍고 날렵하게 걷지도 못한다. 아니, 크눌프가 옳았다. 그는 자신의 천성이 요구하는 대로 행동하는 것이었고 다른 사람들이 그의 행동을 따라하기는 어려웠다. 그는 마치 어린아이처럼 모든 사람에게 말을 걸고 그들을 자신의 친구로 삼았으며, 모든 아가씨들과 여인들에게 재미있는 이야기를 들려주며 매일매일을 일요일처럼 살았다. 사람들은 그가 살아온 방식대로 계속해서 살아가도록 내버려둘 수밖에 없었다. 그러다가 그가 좋지 않은 상황에 빠져 피난처를 필요로 할 경우, 그를 맞아들이는 것은 기쁨이자 영광이 되는 것이었다. 그는 집을 즐겁고 밝게 만들어주기 때문에 사람들은 오히려 그에게 감사해야 할 정도였다.

그사이 무두장이의 손님은 호기심에 가득 차 즐겁게 시내를 걸어가고 있었다. 그는 휘파람으로 군대행진곡을 불면서, 서두르는 법 없이 예전부터 알고 있던 장소들과 사람들을 찾아보기 시작했다. 먼저 그는 가파르게 경사를 이루고 있는 교외로 향했다. 그곳에는 그의 친구인 가련한 수선 전문 재봉사가 살고 있었다. 그가 항상 낡은 바지만을 수선해야 하고 새 양복을 만들어 달라는 주문을 받는 법이 거의 없다는 것은 참 안타까운 일이었다. 왜냐하면 그는 재주가 있었고 한때는 희망을 품고 훌륭한 작업장에서 일했던 적도 있기 때문이다. 그러나 그는 일찍 결혼해서 이미 아이를 여럿 두었고 부인은 살림에 별로 재주가 없었다.

크눌프는 교외의 어느 건물 뒤채 4층에서 재봉사 슐로터베크를 찾아냈다. 그 집이 골짜기 가장자리에 서 있었기 때문에 작은 작업장은 마치 새 둥지처럼 허공에 매달려 있었다. 그래서 창문을 통해 똑바로 내려다보면 아래 삼층이 다 보일뿐더러, 집 아래로는 볼품없는 급경사의 정원과 잔디 비탈로 이루어진 산이 현기증 나도록 가파르게 펼쳐졌고, 그 끝자락에는 울퉁불퉁 솟은 건물들의 뒤채와 양계장, 염소와 토끼 우리 등이 음침하게 뒤섞여 있었다. 지저분하기 짝이 없는 이 일대 너머로 멀리 내려다보이는 지붕들은 골짜기 아래쪽에 깊숙이, 그리고 조그맣게 자리 잡고 있었다. 그 대신 재봉사의 작업장은 대낮처럼 밝고 통풍이 잘 되었다. 부지런한 슐로터베크는 창가의 넓은 책상 앞에 웅크리고 앉아 있었다. 세상보다 높은 곳에 빛나는 모습으로 앉은 그는 등대지기처럼 보였다.

"안녕하신가, 슐로터베크." 크눌프는 안으로 들어서며 이렇게 말했다. 장인은 빛 때문에 눈이 부신지 눈을 가늘게 뜨며 문 쪽을 바라보았다.

"아니, 크눌프 아닌가." 그는 눈을 빛내며 이렇게 외치고는 크눌프를 향해 손을 내밀었다. "이 지방을 다시 찾아왔군? 그런데 이곳까지 나를 찾아 올라오다니 대체 무슨 일인가?"

크눌프는 세발의자를 끌어다가 그 위에 앉았다.

"바늘하고 실을 좀 주게, 갈색, 제일 좋은 걸로. 옷을 좀 손봐야겠어."

그렇게 말하면서 그는 겉옷과 조끼를 벗고 실 한 가닥을 뽑

아내 바늘에 꿴 후, 세심한 눈길로 양복 전체를 살폈다. 그 양복은 아직도 매우 좋은 상태였고 거의 새것처럼 보였는데, 그는 좀 낡은 곳이나 느슨한 매듭, 살짝 흔들리는 단추 등을 찾아내 날렵한 솜씨로 모두 수선했다.

"그래 어떻게 지내나?" 슐로터베크가 물었다. "계절은 그다지 좋지 않지만, 어쨌든 몸 건강하고 부양할 가족도 없다면야……."

크눌프는 반박하듯 헛기침을 했다.

"그래, 그래." 그는 무심한 어조로 말했다. "하느님은 의로운 자와 불의한 자 모두에게 비를 내리시지. 오직 재봉사만 비를 맞지 않아. 그런데도 자넨 여전히 불평을 해야 하겠나, 슐로터베크?"

"어휴, 크눌프, 말하고 싶지도 않네. 저 옆방에서 애들 소리 지르는 게 들리지 않나. 이젠 다섯이야. 여기 앉아 밤늦게까지 중노동을 하는데도 항상 부족하기만 해. 그런데 자네는 산책 말고는 하는 일이 없으니!"

"틀렸어, 이 친구야. 난 노이슈타트의 병원에 너더댓 주 동안 누워 있었어. 그곳은 환자에게 절대적으로 필요한 기간만큼만 입원을 시키는 곳이야. 사실 아무도 그곳에 더 오래 머무르지도 않지. 여호와의 길은 참 놀랍지 않나, 슐로터베크."

"에이, 성경 얘기라면 그만두게, 자네!"

"아니, 그럼 자넨 더 이상 신앙심이 없단 말인가, 응? 나도 이젠 신앙심을 갖고 싶어서 자네를 찾아온 건데. 어떻게 된 건가, 슐로터베크?"

"신앙심 같은 얘기로 나를 괴롭히지 말게! 자네 병원에 있었다고 했나? 그건 정말 안된 일이구먼."

"그럴 거 없네, 지나간 일이니까. 하지만 설명을 좀 해주게나. 집회서와 요한계시록은 다 어떻게 되었나? 이보게, 난 병원에 있을 때 시간이 무척 많았네. 거기에 성경도 한 권 있어서 그 책을 거의 다 읽었지. 이제는 자네와 제법 이야기 나눌 수도 있게 되었단 말일세. 성경이란 참 놀라운 책이더구먼."

"자네 말이 옳아, 놀랍지. 그리고 반은 거짓말인 게 분명해, 서로 들어맞는 게 없는 걸 보면. 자넨 아마 더 잘 알겠지, 라틴어 학교에 다닌 적도 있으니까."

"지금까지 기억하고 있는 건 거의 없네."

"이보게, 크눌프." 재봉사는 열린 창 아래로 멀리 침을 뱉고는 눈을 부릅뜬 채 화난 표정으로 바라보았다. "이것 봐, 크눌프, 신앙심이란 건 아무것도 아닐세. 아무것도 아니란 말이야. 난 이제 그런 건 완전히 무시하기로 했네!"

방랑자 크눌프는 깊은 생각에 잠겨 그를 바라보았다.

"그렇단 말이지. 하지만 너무 심한 이야기 아닌가, 이 친구야. 내가 보기엔 성경에는 아주 지혜로운 이야기들이 실려 있는 것 같아."

"그렇지. 하지만 몇 장만 더 넘겨 보면 어딘가에 꼭 정반대인 이야기가 있지. 아냐, 난 이제 상관없어. 완전히 끝났다고."

크눌프는 일어나서 인두 하나를 집어들었다.

"석탄을 조금만 넣어줬으면 좋겠는데." 그가 주인에게 청했다.

"도대체 뭘 하려고 그래?"

"조끼를 좀 다려볼까 하네. 모자도 좀 다리면 좋을 것 같고, 비를 이렇게 맞았으니 말이야."

"언제나 우아하다니까!" 슐로터베크는 약간 화가 난 듯 외쳤다. "자네는 가난뱅이일 뿐인데, 마치 백작이나 되는 것처럼 우아하게 하고 다니는 이유가 도대체 뭔가?"

크눌프는 조용히 미소 지었다. "보기에 더 좋지 않나, 그리고 내게는 기쁨이 되는 일이기도 하고. 신앙심이 우러나오지 않거든 그저 친절한 마음으로 옛 친구를 위해 좀 해주게나, 어때?"

재봉사는 문 밖으로 나가더니 금세 뜨거운 인두를 가지고 다시 들어왔다.

"이제 됐군." 크눌프가 고마워했다. "정말 고맙네."

그는 조심스럽게 펠트 모자의 가장자리를 다리기 시작했다. 하지만 이번에는 그가 바느질만큼 솜씨 있게 해내지 못하자, 친구가 그의 손에서 인두를 빼앗아 직접 다림질을 했다.

"정말 좋은데." 크눌프가 치하했다. "이제야 다시 나들이용 모자가 됐어. 이보게, 재봉사 친구, 자넨 성경에 너무 많은 것을 기대하고 있어. 무엇이 진리인지, 인생이 본래 어떻게 이루어진 것인지는 각자가 스스로 깨달아야 하는 것이지, 결코 어떤 책에서 배울 수 있는 게 아니란 말일세, 내 생각은 그렇네. 성경은 오래된 책이지. 옛날 사람들은 우리가 오늘날엔 아주 잘 알고 있는 사실들에 대해서도 여러 가지 면에서 아직 모르고 있었지. 하지만 오히려 그 때문에 성경 안에는 아주 아름답고 멋진 이야기들이 담겨 있는 거야, 진실한 이야기들도 아주 많이 들어 있고. 성경의 여기저기에서 난 꼭 아름다운 그림책을 보는 것 같은 느낌을 받았다네. 그 젊은 여인 말일세, 룻이 들판에 나가 남겨진 이삭들을 줍는 장면은 참 매력적이더군. 그 얘기에선 절정에 달한 뜨거운 여름이 느껴져. 아니면 예수께서 어린아이들 곁에 앉아 이렇게 생각하시는 장면도 있지. '내게는 교만한 어른들보다 너희들이 훨씬 사랑스럽구나!' 그분이 옳다고 생각하네. 그러니 벌써 그분에게서 무언가를 배울 수 있지 않은가."

"그래, 그건 맞아." 슐로터베크는 그렇게 긍정은 하면서도 크눌프의 말을 다 받아들이려 하지 않았다. "하지만 다른 사람들의 애들에 대해 그런 생각을 하는 건 훨씬 쉬운 일이지, 자기 애가 다섯이나 되고 그 애들을 어떻게 먹여 살릴지 모르는 경우하곤 다르니까."

그는 또다시 몹시 화가 나고 기분이 언짢아졌고, 크눌프는 그것을 보고 있을 수가 없었다. 그는 떠나기 전에 뭔가 좋은 이야기를 해주고 싶었다. 그는 잠시 생각에 잠겼다. 그러더니 재봉사 쪽으로 몸을 굽히고, 맑은 눈으로 친구의 얼굴을 가까이에서 진지하게 바라보며 낮은 목소리로 물었다. "그러니까 자네는 이제 자식들을 사랑하지 않는 건가?"

재봉사는 몹시 놀라 두 눈을 크게 떴다. "천만에, 자네 무슨 생각을 하는 건가! 당연히 그 애들을 사랑하고말고, 큰애를 제일 사랑하네."

크눌프는 무척 진지한 표정으로 고개를 끄덕였다.

"이제 가야겠네, 슐로터베크. 정말 고맙네. 조끼가 이제는 훨씬 고급이 됐어. 그리고 말일세, 애들을 사랑하면서 즐겁게 살아야 하네, 그러면 벌써 절반은 이루어진 걸세. 잘 듣게, 내가 지금 이야기하려는 건 누구도 알지 못하는 사실이고, 자네도 다른 사람들에게 전할 필요는 없는 얘길세."

재봉사는 매우 진지해진 친구의 맑은 두 눈을 주의 깊게, 압도당한 기색이 되어 바라보았다. 크눌프의 목소리는 이제 너무 작아서 재봉사는 그의 말을 알아듣기 위해 애를 써야 할 정도였다.

"날 보게! 자네는 나를 부러워하면서 이렇게 생각하겠지. '이 친구는 아주 편하게 살고 있다, 가족도 없고 근심도 없지 않은가!' 하지만 전혀 그렇지 않네. 내게도 아이가 있단 말일세, 두 살짜리 아들이지. 그런데 그 아이는 낯선 사람들에게 입양이 되어버렸네. 왜냐하면 사람들은 아이의 아버지가 누구인지도 몰랐던 데다가 어머니는 아이를 낳고서 죽어버렸으니까. 그 아이가 지금 어느 도시에 있는지는 알 필요 없네. 하지만 난 알고 있지. 그래서 그 도시에 가게 되면 난 그 집 주위로 몰래 숨어들어 울타리 곁에 선 채로 기다린다네. 운이 좋을 때는 그 작은 녀석을 보게 되네. 하지만 난 그 아이의 손을 잡아보거나 키스를 해주어서는 안 된다네. 기껏해야 스쳐 지나가면서 무언가를 휘파람으로 불어줄 뿐이야. 그래, 이게 내 이야기야. 이젠 가겠네, 자네에게 자식들이 있다는 걸 기뻐하게나!"

크눌프는 시내를 가로질러 계속 걸었다. 어느 선반공의 작업장 창가에 잠시 멈춰 수다를 떨면서 동그랗게 말린 대팻밥이 이리저리 움직이는 모양을 구경하기도 하고, 길에서 경관을 만나 인사하기도 했다. 경관은 그에게 호의적이어서 둥근 자작나무 상자에 담긴 자신의 담배를 코로 맡게 해주었다. 그는 이곳저곳에서 가정사와 직업 생활에 관한 여러 가지 이야기를 들을 수 있었다. 시 회계원의 부인이 젊은 나이로 죽은 이야기와 시장의 망나니 아들에 관한 이야기도 들었다. 그 대신 그는 다른 지방에서 있었던 새로운 사건들을 이야기해 주면서, 자신을 친지이자 친구로, 또한 공모자로서 그곳에 거주하는 명망 있는 사람들의 삶과 연결시켜 주는, 느슨하고 기분 좋은 연결 고리가 존재하는 것을 기쁘게 생각했다. 그날은 토요일이었는데, 그는 어느 양조장 입구에서 양조업 기능공들에게 그날 저녁과 다음 날 어디에서 춤을 출 수 있는지 물었다.

여러 곳이 있었지만 제일 좋은 곳은 게르텔핑겐의 '사자'라는 술집으로, 30분 정도면 갈 수 있는 곳이라고 했다. 그는 이웃집의 어린 처녀 배르벨레를 그곳에 데려가기로 마음먹었다.

어느덧 점심 시간이 가까워져 있었다. 크눌프가 로트푸스네 집 계단을 올라가자 부엌에서 기분 좋게 강렬한 냄새가 왈칵 끼쳤다. 그는 멈춰 서서 어린아이 같은 즐거움과 호기심을 느끼며 콧구멍을 잔뜩 긴장시킨 채 기운 돋우는 그 냄새를 들이마셨다. 그가 매우 조용히 들어왔는데도 안에서는 이미 그가 온 것을 알아차렸다. 무두장이의 아내는 부엌문을 열고 음식에서 나는 김으로 둘러싸인 채 친절한 표정으로 환한 입구에 서 있었다.

"어서 오세요, 크눌프 씨." 그녀가 상냥하게 말했다. "이렇게 시간 맞춰 오셔서 잘됐어요. 왜냐하면 오늘은 간 완자 수프를 먹을 건데요, 만일 당신이 원하신다면 당신을 위해서는 특별히 간 한 조각을 구울 수도 있다고 생각하고 있었거든요. 어떻게 생각하세요?"

크눌프는 수염을 쓰다듬으며 점잖은 몸짓을 했다.

"글쎄요, 왜 저만 특별한 것을 먹어야 하죠? 전 그저 수프로 만족합니다."

"아이참, 몸이 아팠던 사람은 제대로 돌봐드려야죠. 안 그러면 어디서 힘이 나겠어요? 혹시 간을 전혀 좋아하지 않으시나요? 그런 사람도 있으니까요."

그는 겸손하게 웃었다.

"아, 전 그런 사람은 아닙니다. 간 완자 수프 한 접시면 일요일에 먹는 특식이죠. 평생 동안 일요일마다 그런 특식을 먹고 살 수만 있다면 더 바랄 게 없겠는데요."

"우리 집에 계시는 동안 무엇 하나 부족함이 있어서는 안 돼요. 요리는 뭣에 쓰려고 배웠겠어요! 그저 말씀만 해주세요. 간 한 조각이 남아 있는데, 당신을 위해 남겨두었거든요. 몸에 좋을 거예요."

그녀는 가까이 다가와 그의 얼굴을 바라보며 생기 있게 미소를 지었다. 그녀가 어떤 생각을 품고 있는지 그는 잘 알 수 있었다. 또한 그녀는 상당히 귀여운 편이기도 했다. 하지만 그는 아무것도 모르는 것처럼 행동했다. 가련한 재봉사가 다림질해 준 멋진 펠트 모자를 만지작거리며 그는 다른 곳을 바라보았다.

"고맙습니다, 부인. 부인의 호의는 정말 고맙습니다만, 정말이지 전 완자 수프가 더 좋습니다. 그동안도 제게 너무 잘해주셨는걸요."

그녀는 미소 지으며 검지손가락을 들어 그를 위협하듯 말했다.

"그렇게 수줍어하실 필요 없어요, 그런 분 아닌 건 알아요. 그러니까 완자 수프라 이거죠! 거기에 양파를 듬뿍 넣고요, 안 그래요?"

"그것까지 거절할 수는 없겠군요."

그녀가 심각한 표정으로 화덕 쪽으로 돌아가자 크눌프는 이미 식탁이 차려져 있는 거실로 들어가 앉았다. 주인이 들어오고 수프가 날라져 올 때까지 그는 지난 호 주간지를 읽고 있었다. 식사를 다 마친 후에 세 사람은 15분 정도 함께 카드 놀이를 했는데, 이때 크눌프는 몇 가지 새롭고 대담하면서도 우아한 카드 묘기로 여주인을 감탄케 했다. 그는 또한 능란하고 장난스러운 동작으로 카드를 섞기도 하고 번개처럼 재빨리 늘어놓기도 했다. 그는 자신의 카드를 우아하게 책상 위에 놓고는 때때로 엄지손가락으로 카드의 가장자리를 쓰다듬었다. 주인은 경탄과 관대함을 드러내며 지켜보고 있었는데, 그것은 노동자이자 시민인 사람이 돈벌이가 안 되는 일을 참아내며 보고 있는 듯한 태도였다. 그러나 여주인은 사교적 처세술의 징표라 할 이런 기술을 열성적인 관심을 가지고 구경하였다. 그녀의 시선은 중노동에 의해 한 번도 망가진 적 없는 그의 길고 매력적인 두 손 위에 머물러 있었다.

작은 창유리를 통해 가느다랗고 희미한 햇빛이 거실 안으로, 식탁 위와 카드 위로 흘러 들어왔다. 햇빛은 마룻바닥 위에 흐릿한 그림자를 드리우며 변덕스럽게 이리저리 흐느적거리다가, 푸른빛 천장에 이르러 소용돌이치며 전율하였다. 2월의 햇살이 벌이는 유희, 집 안의 고요한 평화, 친구에게서 보이는 진실로 성실한 장인의 얼굴, 귀여운 부인의 의미 있는 눈길, 크눌프는 이 모든 것들을 빛나는 눈으로 바라보았다. 그는 이 모든 게 싫었다. 그것들은 그의 목표도 아니었고 그의 행복이 될 수도 없는 것들이었다. 만일 몸이 건강하고 계절이 여름이라면 이곳엔 잠시도 더 머물러 있지 않을 거라고 그는 생각했다.

"난 잠시 햇볕을 쬐고 올까 하네." 로트푸스가 카드를 한데 모은 후 시계를 바라보자 크눌프가 말했다. 그는 주인과 함께 계단을 내려와 모피를 말리는 건조 창고에서 그와 헤어진 후, 황량하고 좁다란 잔디 정원 사이로 사라졌다. 이 정원은 작은 강가까지 경사를 이루며 펼쳐졌는데, 군데군데 무두질용 구덩이가 파헤쳐져 있었다. 무두장이는 강가에 작은 널빤지 다리를 만들어, 그곳에서 모피를 담가 씻을 수 있도록 해두었다. 크눌프는 그 널빤지 다리 위에 앉아 소리 없이 빠른 속도로 흐르는 강물 바로 위에 구두 바닥을 닿게 하고는, 자신의 발 아래로 잽싸게 헤엄쳐 가는 어두운 빛깔의 물고기들을 즐거운 마음으로 지켜보았다. 그러다가 그는 호기심 어린 눈으로 주위를 자세히 살펴보기 시작했다. 왜냐하면 그는 저 위에 사는 어린 하녀 아가씨와 이야기 나눌 기회를 찾고 있었기 때문이다.

두 정원은 서로 맞닿은 채 허름하기 짝이 없는 나무 울타리로 나뉘어 있었는데, 아래 물가 쪽은 울타리의 기둥이 오래전에 썩어 없어져 버려서 한쪽에서 다른 쪽으로 건너가는 데 아무 어려움이 없었다. 이웃집 정원은 황량한 무두장이네 풀밭보다는 정성스럽게 손질되고 있는 듯했다. 그곳에는 네 줄의 화단이 있었는데, 겨울을 난 뒤라 풀이 마르고 땅은 푹 꺼져 있었다. 밭상추와 겨울을 넘긴 시금치가 두 줄의 화단에서 듬성듬성 자라나고 있었고, 장미 넝쿨들은 꽃부리를 땅에 파묻은 채 아래쪽으로 구부러져 있었다. 그 곁으로는 몇 그루의 멋진 전나무가 서 있어서 집이 가려진 채 보이지 않았다.

크눌프는 낯선 정원을 둘러보고 난 후 그 나무들 쪽으로 소리 없이 다가갔다. 그러고는 나무들 사이로 그 집을 살펴보았는데 부엌은 뒤쪽에 있었다. 조금 있으니까 부엌 안에서 그 아가씨가 옷소매를 걷어 올린 채 일하고 있는 모습이 보였다. 여주인이 그 옆에 서서 이것저것 지시하며 가르치고 있었다. 그녀는 숙련된 하녀를 고용하려고 하지는 않으면서 해마다 바뀌는 견습 하녀들이 그 집을 나가고 나면 그들을 칭찬하는 데는 인색한 타입의 여자처럼 보였다. 그럼에도 그녀가 뭔가 가르치거나 투덜거리는 어조에 악의가 담겨 있지는 않았고, 아가씨도 이미 그런 데에 익숙해져 있는 듯했다. 왜냐하면 그녀는 동요하지 않고 무심한 표정으로 자신의 일을 하고 있었기 때문이다.

침입자는 사냥꾼처럼 호기심에 가득 차 조심스러운 태도로 머리를 앞으로 내밀고 나무에 기대서 있었다. 그는 시간이 남아돌고, 또 삶에 관객으로 참여하는 법을 배운 사람답게 즐거운 인내심을 가지고 엿들었다. 창문을 통해 아가씨의 모습이 비치면 그는 그 모습을 보며 기뻐했다. 주인 여자의 사투리를 듣고서 그는 그녀가 래히슈테텐 출신이 아니라 북쪽으로 몇 시간 거리에 위치한 골짜기 출신이라는 것을 알아차렸다. 그는 조용히 귀 기울인 채 향기로운 전나무 가지를 씹으며 주인 여자가 사라지고 부엌이 조용해질 때까지 30분 동안을, 그러다가 꼬박 한 시간을 기다렸다.

　그는 조금 더 기다리고 나서, 조심스럽게 걸어가 마른 나뭇가지로 부엌 유리창을 두드렸다. 하녀가 그 소리를 알아듣지 못했기 때문에 그는 두 번을 더 두드려야만 했다. 그러자 그녀가 반쯤 열린 창가로 오더니 창문을 완전히 열어젖히고 밖을 내다보았다.

　"아니, 거기서 대체 뭘 하시는 거예요?" 그녀는 낮은 목소리로 외쳤다. "깜짝 놀랐단 말이에요."

　"날 보고 놀랄 건 없잖아요!" 크눌프가 말하며 미소 지었다. "난 그저 인사라도 한번 하고, 어떻게 지내는지 보려고 했을 뿐인데요. 그리고 사실은 오늘이 토요일이니까 내일 오후에 가벼운 산책을 할 만한 시간이 좀 있는지 물어보고 싶고요."

　그녀는 그를 바라보며 고개를 가로저었다. 그가 크게 낙담한 표정을 짓자 그녀는 마음이 아팠다.

　"안 돼요." 그녀가 친절한 어조로 말했다. "내일은 시간이 없어요. 오전에 겨우 교회에만 다녀올 수 있을 뿐이에요."

"그렇군요." 크눌프는 투덜대듯 중얼거렸다. "좋아요, 그렇다면 분명 오늘 저녁에는 함께 갈 수 있겠죠."

"오늘 저녁요? 글쎄, 시간이 있긴 하지만 그때는 편지를 쓸 생각인데요, 고향에 있는 사람들에게요."

"아, 편지는 한 시간쯤 미뤘다가 쓰면 됩니다, 어차피 오늘 저녁에 보낼 수 있는 것도 아니잖아요. 이봐요, 난 당신과 잠시라도 다시 얘기 나눌 수 있게 되기를 간절히 바랐다고요. 그리고 오늘 저녁에 날씨가 너무 나쁘지만 않다면 우린 멋진 산책을 할 수 있을 거예요. 자, 부탁입니다, 날 두려워할 필요는 없어요."

"두려워하다뇨, 더군다나 당신을 두려워할 이유는 없죠. 어쨌든 절대 안 돼요. 내가 웬 남자와 함께 산책하는 것을 누가 보기라도 한다면……."

"아니, 바르벨레, 여기선 아무도 당신을 모르잖아요. 그리고 이건 죄를 짓는 일도 절대 아니고, 다른 사람이 상관할 일도 아닙니다. 이제 당신은 더 이상 여학생이 아니에요, 그렇죠? 자, 그러니까 잊지 마세요, 8시에 저 아래 체육관 앞에 있겠습니다, 저기 가축시장 횡목 있는 곳 말입니다. 아니면 내가 좀 더 일찍 올까요? 얼마든지 조정할 수 있습니다."

"아뇨, 아뇨, 일찍 오지 마세요. 정말이지 전혀 오실 필요가 없는데, 안 되겠어요, 안 될 것 같아요."

그는 또다시 어린아이처럼 낙담한 표정을 지었다.

"좋아요, 당신이 정말로 원하지 않는 거라면요!" 그는 우울한 어조로 말했다. "난 당신이 이곳에서 낯설고 외로울 거라고, 그리고 때때로 향수에 젖을 거라고 생각했어요. 나도 그렇거든요. 그러니 우리가 서로 얘기를 좀 나눌 수 있겠다 싶었죠. 아흐트하우젠에 대한 이야기도 더 듣고 싶고요. 난 그곳에 가본 적이 있으니까요. 좋아요, 당신에게 강요할 수는 없죠. 당신도 날 나쁘게 생각하지는 마세요."

"나쁘게 생각하지 않아요! 하지만 정말 할 수가 없는걸요."

"당신은 오늘 저녁에 시간이 있어요, 배르벨레. 단지 당신이 원하지 않는 거죠. 하지만 그래도 한 번 더 생각해 봐요. 난 이제 가야 해요. 오늘 저녁 체육관 앞에서 기다릴게요. 만일 아무도 오지 않으면 난 혼자서 산책을 하면서 당신에 대해 생각할게요, 지금쯤 당신은 아흐트하우젠으로 편지를 쓰고 있을 거라고요. 그럼 안녕히. 불쾌하게 생각하진 마세요."

그는 짧게 고개 숙여 인사하고는 그녀가 뭐라 말을 꺼내기도 전에 사라져버렸다. 그녀는 그가 나무들 뒤로 사라지는 걸 보면서 어쩔 줄 몰라 하는 표정을 지었다. 그러고 나서 그녀는 다시 일을 시작했다. 주인 여자는 나가고 없었는데, 갑자기 그녀가 커다랗고 예쁜 목소리로 노래를 부르기 시작했다.

크눌프도 그 노랫소리를 들었다. 그는 다시 무두질용 널빤지 다리 위에 앉아 아까 식탁에서 숨겨 가지고 온 빵 조각으로 작은 공을 만들었다. 그는 작은 공들을 하나씩 하나씩 조심스럽게 물속에 떨어뜨리고는, 그것들이 서서히 물살에 휩쓸리며 가라앉는 모양과, 깊고 어두운 바닥에서 물고기들이 소리 없이 유령 같은 몸짓으로 그 빵 조각들을 잽싸게 삼키는 모양을 깊은 생각에 잠긴 채 바라보았다.

저녁 식사를 하면서 무두장이가 말했다. "자, 이제 토요일 저녁이군. 자네는 전혀 모를 걸세, 일주일을 힘겹게 보낸 끝에 맞는 주말이 얼마나 멋진지 말이야."

"오, 나도 충분히 짐작할 수 있네." 크눌프가 미소 지으며 말했다. 그러자 무두장이 아내도 함께 미소 지으며 그의 얼굴을 장난스럽게 바라보았다.

"오늘 저녁엔 말이야," 로트푸스가 흥겨운 어조로 말을 이어 나갔다. "오늘 저녁엔 우리 함께 맥주를 한 잔씩 마시는 거야. 우리 마님께서 맥주는 금세 가져오실 테고, 그렇지? 그리고 내일은 날씨가 좋으면 말이지, 우리 셋이서 함께 소풍을 나가자고. 어떻게 생각하나, 친구?"

크눌프는 힘 있게 그의 어깨를 두드렸다.

"자네 집에 있으니 정말 좋구먼, 정말이야. 벌써부터 소풍이 기다려지는걸. 하지만 오늘 저녁엔 꼭 해야 할 일이 있다네. 내 친구 하나가 여기 있는데, 그 사람을 만나야 하거든. 그 친구는 대장간에서 일했는데 내일이면 떠난다네. 그래, 정말 미안하네. 하지만 내일은 하루 종일 함께 지낼 수 있잖나. 아니면 나도 그런 약속 같은 건 하지 않았을 걸세."

"자네, 아직 다 낫지도 않았는데 이 밤에 여기저기 돌아다니려는 것은 아니겠지."

"아니 뭐, 몸을 너무 아끼는 것도 좋지 않은 일이야. 늦게 돌아오지는 않을게. 그런데 열쇠는 어디에 두나, 내가 나중에 들어와야 할 텐데?"

"자네는 고집쟁이야, 크눌프. 좋아, 그렇다면 가게나. 열쇠는 창고 덧문 뒤에 있어. 어디인지는 알지?"

"그럼. 이제 난 그만 가겠네. 일찍 잠자리에 들게나! 잘 자게. 안녕히 주무세요, 부인."

크눌프는 밖으로 나왔다. 그가 아래층 대문에 이르렀을 때 무두장이 아내가 급히 그를 따라 나왔다. 그녀는 우산을 들고 나왔는데, 크눌프는 원하든 원하지 않든 그걸 가지고 가야만 했다.

"당신 자신도 돌보셔야 해요, 크눌프 씨." 그녀가 말했다. "그리고 나중에 열쇠를 어디서 찾아야 하는지 가르쳐드리겠어요."

그녀는 어둠 속에서 그의 손을 잡아 집 모퉁이로 이끌더니 목재 덧문으로 막아놓은 작은 창 앞에 멈추어 섰다.

"저 덧문 뒤에 열쇠를 둔답니다." 그녀가 흥분하여 소곤거리듯 말해주고는 크눌프의 손을 쓰다듬었다. "갈라진 틈새로 손만 뻗으시면 돼요, 열쇠는 창틀 위에 있으니까요."

"예, 정말 고맙습니다." 크눌프가 당황하여 이렇게 말하고는 자신의 손을 빼냈다.

"당신이 돌아오실 때까지 맥주를 한 잔 남겨둘까요?" 그녀가 다시 말하며 자신의 몸을 그에게 가볍게 밀착시켰다.

"고맙지만 사양하겠습니다. 전 맥주를 거의 안 마시거든요. 안녕히 주무세요, 로트푸스 부인, 정말 고맙습니다."

"그렇게 급하세요?" 그녀가 애교스럽게 소곤거리며 그의 팔을 꼬집었다. 그녀의 얼굴이 크눌프의 얼굴 바로 앞에 있었다. 그는 그녀를 힘으로 밀어내고 싶지는 않았기 때문에, 어색한 침묵 속에서 손으로 그녀의 머리카락을 쓰다듬었다.

"이젠 정말 가봐야 합니다."

그는 갑자기 높은 목소리로 외치고 뒤로 물러섰다.

그녀는 입을 반쯤 벌린 채 그를 향해 미소 지었다. 어둠 속에서 그녀의 이가 빛나는 것을 볼 수 있었다. 그녀는 아주 낮은 소리로 이렇게 말했다. "당신이 돌아올 때까지 기다릴 거야. 당신은 정말 멋진 사람이야."

그는 우산을 겨드랑이에 낀 채 재빨리 그곳을 벗어나 깜깜한 골목 안으로 들어섰다. 다음 모퉁이를 돌면서 그는 어리석은 불안감을 이겨내려고 휘파람을 불기 시작했다. 이런 노래였다.

> 너는 말하지, 내가 널 가질 거라고,
> 하지만 난 그럴 생각이 없단다,
> 너 때문에 창피해 못살겠다,
> 사람들을 만날 때마다.

공기는 부드러웠고, 이따금 어두운 하늘에서 별들이 깜박이며 솟아났다. 일요일을 앞두고 어느 술집에서는 젊은이들이 모여 앉아 떠들어대고 있었고, '공작 여관'의 새로 생긴 볼링장 창문 뒤로는 신사들 몇이 셔츠 바람으로 입에는 시가를 문 채, 손으로 볼링공의 무게를 가늠하며 나란히 서 있는 모습이 보였다.

크눌프는 체육관 앞에 멈춰 서서 주위를 둘러보았다. 앙상한 밤나무들 사이로 습기 머금은 바람이 나지막이 노래하고 있었고, 강물은 짙은 어둠 속에서 소리 없이 흐르면서 몇몇 불 밝힌 창문들을 비추고 있었다. 온화한 밤은 열에 시달리는 방랑자의 기분을 유쾌하게 해주었다. 그는 음미하듯 숨을 들이마시면서 봄, 따뜻함, 건조한 거리, 그리고 방랑의 기운을 예감하고 있었다. 그의 무한한 기억력은 도시와 계곡, 그리고 모든 지방을 떠올리고 있었다. 그는 모든 곳의 사정에 밝았고, 도로와 물길, 마을들, 촌락들, 농장, 익숙한 숙박 장소들을 많이 알고 있었다. 그는 깊은 생각에 잠겨 다음 여행 계획을 짜기 시작했다. 이곳 래히슈테텐에 더 이상 머무르는 것이 불가능해졌기 때문이다. 부인이 너무 무리하게 굴지 않을 경우 친구를 위해 이번 일요일까지만 있을 생각이었다.

어쩌면 무두장이 친구에게 부인에 대한 주의를 주어야 하는 건지도 모른다고 그는 생각했다. 하지만 그는 다른 사람들의 문제에 끼어드는 것을 좋아하지 않았고, 다른 사람들이 더 나아지거나 현명해지도록 돕고 싶다는 생각도 없었다. 상황이 이렇게 되어버린 것은 그에게도 씁쓸한 일이었다. 게다가 전에 옥센의 종업원이었다는 이 여자에 대해 그는 전혀 좋은 느낌을 가질 수가 없었다. 그는 가정과 결혼의 행복에 대해 무두장이가 위엄 있게 이야기하던 것을 떠올리며 조금은 비웃을 수밖에 없었다. 누군가가 자신의 행복이나 미덕을 자랑하고 뻐길 경우, 대부분 그것이 사실과 다르다는 것을 그는 알고 있었다. 양복 수선공의 경건함도 예전엔 그랬던 것이다. 사람들이 어리석음에 빠져 있는 것을 구경할 수도 있고, 그들을 비웃거나 동정심을 가질 수도 있지만, 결국 그들이 자신의 길을 가도록 내버려둘 수밖에 없는 것이다.

크눌프는 깊은 생각에 잠긴 채 한숨을 내쉬고는 이 근심을 한쪽으로 제쳐두었다. 그는 늙은 밤나무의 움푹한 구멍에 몸을 기댄 채 다리 쪽을 바라보면서 계속해서 자신의 여행에 대해 생각했다. 슈바르츠발트의 산간 지역을 가로질러 가고 싶었다. 하지만 그 고지대는 지금 추울 터였다. 아마도 아직 많은 눈이 쌓여 있을 테고 장화를 버리게 될 것이었다. 게다가 밤에 묵을 만한 곳들은 서로 멀리 떨어져 있었다. 그러니 그것은 불가능한 일이었다. 골짜기를 따라 내려가면서 도시에 머무를 수밖에 없었다. 강을 따라 4시간 정도 내려간 곳에 위치한 히르셴뮐레가 이곳에서 제일 가깝고 안전한 휴양지였다. 그곳에서라면 날씨가 나쁠 경우엔 하루이틀쯤 신세를 질 수도 있었다.

그가 이렇듯 생각에 빠져 자신이 누군가를 기다리고 있다는 사실조차 잊어버렸을 즈음, 바람이 세차게 불어대는 어둠 속 다리 위에 야위고 겁에 질린 듯한 사람의 형체가 나타나 머뭇거리며 다가왔다. 그는 단박에 그녀를 알아보고 기쁘고 고마운 마음에 그녀를 향해 달려가며 모자를 흔들었다.

"와줘서 고마워요, 배르벨레. 당신이 오리라고는 거의 기대하지 않았어요."

그는 그녀의 왼편에 서서 그녀를 이끌며 광장을 가로질러 강 상류 쪽으로 향했다. 그녀는 주저하며 부끄러워했다.

"이건 옳지 않은 일이에요." 그녀는 몇 번이고 그렇게 말했다. "아무도 우릴 보지 않아야 할 텐데!"

크눌프는 묻고 싶은 게 너무도 많았다. 얼마 지나지 않아 아가씨의 발걸음이 안정을 찾고 규칙적으로 울리더니, 마침내 그녀는 친구처럼 그와 나란히 서서 가볍고 경쾌하게 걷게 되었다. 그녀는 크눌프가 던지는 질문과 그의 맞장구에 흥이 나서, 열정적인 어조로 자신의 고향, 아버지와 어머니, 남동생과 할머니, 그리고 오리와 닭, 우박과 질병, 결혼식과 교회 헌당기념일 축제 등에 대해 이야기했다. 그녀는 자신의 작고 소중한 경험들을 다 이야기했는데, 그것은 그녀 자신이 생각하고 있던 것보다 더 다양하고 많았다. 마침내 이야기는 그녀가 일자리를 찾아 고향을 떠나온 일, 현재 하는 일과 주인집의 일에까지 이르렀다.

그들은 시내를 한참이나 벗어나 있었는데, 배르벨레는 길에 대해 신경을 쓰지도 않았다. 지금 그녀는 낯선 곳에서 침묵하며 참아야 했던 지겹고 우울한 날들로부터 해방되어 연신 종알거리며 즐거워하고 있었다.

"그런데 여기가 어디죠?" 갑자기 그녀가 깜짝 놀라 외쳤다. "우리 대체 어디로 가고 있는 거예요?"

"괜찮다면 게르텔핑겐에 가려고 해요, 거의 다 왔어요."

"게르텔핑겐이라고요? 거기서 뭘 하려는 거죠? 돌아가는 게 좋을 것 같아요, 늦겠어요."

"집엔 언제까지 들어가야 합니까, 배르벨레?"

"10시요. 시간이 거의 다 되었네요. 즐거운 산책이었어요."

"10시라면 아직 멀었어요." 크눌프가 말했다. "당신이 시간 맞춰 집에 돌아갈 수 있도록 꼭 신경 쓸게요. 우리가 이렇게 젊어서 어울릴 수 있는 것도 한때인데, 오늘 함께 춤추는 모험을 해보는 게 어떨까요. 혹시 춤추는 걸 싫어합니까?"

그녀는 긴장하고 놀란 듯한 표정으로 그를 바라보았다.

"오, 춤추는 건 언제나 좋아해요. 하지만 어디서요? 이 한밤중에 야외에서요?"

"들어봐요. 우린 곧 게르텔핑겐에 도착하는데, 그곳의 술집 '사자'에서 음악을 연주하거든요. 그곳에 들어가 딱 한 번만 춤을 추는 거예요, 그러고 나서 집으로 돌아오면 멋진 저녁을 보낸 게 되는 겁니다."

배르벨레는 망설이며 가만히 서 있었다.

"재미있겠군요." 그녀가 천천히 말했다. "하지만 사람들이 우리를 어떻게 생각하겠어요? 난 그렇고 그런 여자로 보이긴 싫어요. 우리 둘이 사귄다고 사람들이 생각하는 것도 싫고요."

그러고 나서 그녀는 갑자기 거만하게 웃음을 터뜨리고는 이렇게 말했다. "왜냐하면 말이죠, 내가 나중에 애인을 사귀고자 할 경우, 그게 무두장이여서는 안 되니까요. 당신을 모욕하려는 건 아니지만 사실 무두질은 불결한 일이잖아요."

"아마 당신 생각이 옳겠죠." 크눌프가 온순하게 말했다. "당신이 나와 같은 사람과 결혼해서는 안 되겠죠. 내가 무두장이라는 것, 그리고 당신이 그토록 자부심이 강하다는 것은 아무도 모릅니다. 그리고 난 손을 깨끗이 씻었습니다. 그러니 당신이 나와 춤추고 싶은 마음이 있다면 함께 춥시다. 아니면 돌아가기로 하죠."

그들은 어둠 속에서 마을의 첫 번째 집이 덤불숲 사이로 희미한 합각지붕을 드러내고 있는 것을 보았다. 그때 크눌프가 갑자기 "쉿!" 하면서 손가락을 들어올렸다. 그러자 마을 쪽에서 아코디언과 바이올린으로 연주하는 춤곡이 울려오는 것이었다.

"그렇다면!" 하며 아가씨가 웃었고 그들은 더욱 빠르게 걸어갔다.

'사자'에서는 너더댓 쌍만이 춤을 추고 있었는데, 모두 크눌프가 모르는 젊은이들이었다. 분위기는 조용하고 점잖았고, 아무도 다음 춤에 합류한 낯선 한 쌍을 괴롭히거나 하지 않았다. 그들은 느린 민속춤과 폴카를 함께 추었다. 그다음은 왈츠였는데 배르벨레가 출 줄 모르는 곡이었다. 그들은 구경하면서 작은 잔으로 맥주를 마셨다. 크눌프가 가진 돈으로 살 수 있는 것은 그것이 전부였다.

배르벨레는 춤을 추면서 점점 그곳의 분위기에 젖어들더니, 이제는 빛나는 눈으로 작은 홀을 바라보고 있었다.

"이젠 정말 돌아가야 할 시간이군요." 9시 30분이 되자 크눌프가 말했다.

그녀는 자리에서 일어섰는데 조금은 슬퍼 보였다.

"아아, 아쉽네요!" 그녀가 나지막이 말했다.

"그럼 조금 더 있을 수도 있어요."

"아녜요, 가야 해요. 정말 즐거웠어요."

그들은 밖으로 나왔다. 그런데 문 아래에 이르렀을 때 아가씨에게 갑자기 어떤 생각이 떠올랐다. "우린 악단에게 한 푼도 주지 않았잖아요."

"그렇군요." 크눌프가 조금 당황한 채 말했다. "아마 20페니히는 줘야 할 겁니다. 그런데 유감스럽게도 난 돈이 한 푼도 없는 형편이거든요."

그녀는 진지한 표정이 되더니, 주머니에서 실로 뜬 조그마한 돈지갑을 꺼냈다.

"왜 얘기해 주지 않았어요? 여기 20페니히예요. 가져다주세요!"

그는 동전을 가지고 가서 악사들에게 주었다. 그리고 그들은 밖으로 나왔는데, 짙은 어둠 속에서 길눈이 익을 때까지 잠시 문 앞에 서 있어야만 했다. 바람은 더욱 거세졌고 약간의 빗방울마저 떨어지고 있었다.

"우산을 펼까요?" 크눌프가 물었다.

"아니요, 그러면 바람 때문에 앞으로 나아갈 수가 없을 거예요. 저 안에선 정말 재미있었어요. 당신은 거의 전문가처럼 춤을 잘 추더군요, 무두장이 씨."

그녀는 명랑하게 떠들어댔다. 그러나 그녀의 친구는 침묵을 지켰다. 피곤 때문인 듯도 했고, 다가오는 이별이 두려운 때문인 듯도 했다.

갑자기 그녀는 노래를 부르기 시작했다. "때로 나는 네카 강가에서 풀을 베죠, 때로는 라인 강가에서 베기도 하죠." 그녀의 음성은 부드럽고 맑게 울렸다. 노래가 2절에 이르자 크눌프도 노래에 끼어들었다. 그런데 그의 음성이 너무도 안정적이고 깊고도 아름다워서 그녀는 즐거운 마음으로 그의 음성에 귀를 기울였다.

"자, 이젠 향수병이 사라졌죠?" 노래가 끝나자 그가 물었다.

"오, 그럼요." 그녀가 밝게 웃었다. "우리 꼭 다시 한 번 이런 산책을 해요."

"유감스럽지만 아마도 이번이 마지막일 것 같군요." 그가 낮은 목소리로 대답했다.

그러자 그녀가 멈춰 섰다. 그녀는 정확하게 듣지는 못했지만 그의 우울한 어조가 그녀에게 이상한 느낌을 주었던 것이다.

"아니, 왜요?" 그녀가 약간 놀란 듯 물었다. "내가 싫은 건가요?"

"아니에요, 배르벨레. 하지만 난 내일 떠나야 합니다. 그만두겠다고 말을 해두었거든요."

"왜 진작 말하지 않은 거죠! 그게 사실인가요? 정말 서운한 일이군요."

"나 때문에 서운해 할 필요는 없습니다. 어차피 난 오래 머무를 생각이 아니었거든요. 그리고 난 그저 무두장이일 뿐인 걸요. 당신은 곧 애인을 사귀게 될 겁니다, 정말로 멋진 애인을요. 그러면 향수병도 더 이상 없을 거고요. 두고 보세요."

"아, 그런 말씀 마세요! 당신이 내 애인은 아니지만, 그래도 내가 당신을 매우 좋아한다는 걸 아시잖아요."

두 사람은 침묵했다. 바람이 휙 하고 그들의 얼굴을 향해 불어왔다. 크눌프는 천천히 걸었다. 그들은 벌써 다리 근처에 이르러 있었다. 마침내 그가 멈춰 섰다.

"이제 당신에게 작별을 고해야겠군요. 여기서부터는 혼자서 가는 게 나을 겁니다."

배르벨레는 정말 슬픈 표정으로 그의 얼굴을 바라보았다.

"진심이군요? 그렇다면 나도 다시 한 번 당신께 고맙다는 말을 해야겠네요. 잊지 못할 거예요. 잘 지내시길 빌게요."

그는 그녀의 손을 잡아 자신에게로 끌어당겼다. 그녀가 겁에 질리고 놀라 그의 눈을 바라보는 동안 그는 비에 젖은 채인 그녀의 땋은 머리를 두 손으로 잡고 속삭이듯 말했다. "그럼 안녕, 배르벨레. 작별의 표시로 키스를 하고 싶군요, 당신이 나를 완전히 잊지 않도록 말입니다."

그녀는 약간 움츠리며 뒤로 물러서려 했지만, 그의 눈길이 선량하고 슬퍼 보였다. 그녀는 그의 눈이 참 아름답다는 것을 이제야 깨닫고 있었다. 그녀는 두 눈을 감지 않은 채 진지하게 그의 키스를 받았다. 그러고 나서 그가 옅은 미소를 지으며 머뭇거리자, 그녀의 눈에 눈물이 고였고, 그녀는 그에게 정성스럽게 다시 키스해 주었다.

그러고 나서 그녀는 재빨리 그 자리를 떠나 금세 다리 위에 이르렀다. 그곳에서 갑자기 그녀가 돌아서더니 다시 돌아왔다. 그는 여전히 그 자리에 서 있었다.

"무슨 일입니까, 배르벨레?" 그가 물었다. "집으로 돌아가야 하잖아요."

"네, 네, 금방 갈 거예요. 날 나쁘게 생각하시면 안 돼요."

"절대 그러지 않을 겁니다."

"그런데 도대체 어떻게 된 거예요, 무두장이 씨? 아까 돈이 전혀 없다고 그러셨잖아요? 떠나기 전에 임금을 받게 되는 건가요?"

"아뇨, 더 받을 임금은 없습니다. 하지만 상관없습니다. 난 어떻게든 살아나갈 거니까요, 그러니 전혀 걱정할 필요 없어요."

"아니, 안 돼요! 주머니 안에 돈이 조금은 있어야 한다고요. 자요!"

그녀는 그의 손에 커다란 동전 하나를 쥐여주었는데, 그는 그것이 1탈러인 것을 알 수 있었다.

"나중에 언젠가 다시 돌려주거나 보내주면 돼요, 나중에 언젠가요."

그는 그녀의 손을 잡아 만류했다.

"안 됩니다. 당신의 돈을 그런 식으로 써서는 안 돼요! 이건 1탈러 아닙니까. 다시 가져가요. 안 돼요, 그래서는 안 됩니다! 그래요. 사람이 이성을 잃어서는 안 되는 법입니다. 혹시 50페니히짜리나 다른 동전을 가지고 있다면 그건 받겠어요. 내 형편이 어려우니까요. 하지만 더 이상은 필요없습니다."

그들은 조금 더 실랑이를 벌였다. 배르벨레는 자신의 돈지갑을 보여주어야만 했다. 왜냐하면 그녀가 자신은 탈러말고는 가진 것이 없다고 말했기 때문이다. 하지만 그것은 거짓말이었다. 그녀는 당시에 아직 사용되던 1마르크와 작은 20페니히 은화 하나를 더 가지고 있었던 것이다. 그는 20페니히 은화를 가지려고 했으나, 그녀가 볼 때 그것은 너무 적은 액수였다. 그러자 그는 아예 아무것도 갖지 않고 그냥 가려고 했지만 결국에는 1마르크 동전을 가졌고, 이제 그녀는 뛰다시피 집을 향해 갔다.

가는 도중에 그녀는 왜 그가 자신에게 한 번 더 키스해 주지 않았을까에 대해 계속 생각해 보았다. 어느 순간엔 그것이 서운하게 여겨졌고, 어느 순간엔 바로 그 점이 특별히 사랑스럽고 예의 바른 것으로 여겨졌는데, 결국엔 그렇게 생각하기로 그녀는 마음먹었다.

한 시간쯤 후에 크눌프는 집으로 갔다. 그는 위층 거실에서 아직도 불빛이 빛나고 있는 것을 보았다. 그러니까 무두장이 아내가 잠자리에 들지 않고 그를 기다리고 있는 것이었다. 그는 신경질적으로 침을 뱉었다. 그 순간에 바로 그 자리를 떠나 어둠 속으로 도망쳐 버릴까 하는 생각이 들었다. 그러나 그는 피곤했고 곧 비가 올 것 같기도 했다. 또한 무두장이 친구에게 그런 식으로 행동하고 싶지도 않았다. 게다가 그는 이날 저녁 조금은 장난기를 느끼고 있었다.

그래서 그는 열쇠를 숨겨두었던 곳에서 끄집어내 도둑처럼 살그머니 문을 열고 안으로 들어와 문을 닫은 후, 입술을 앙다문 채 소리 내지 않고 문을 잠그고는 열쇠를 조심스럽게 원래 있던 자리에 두었다. 그러고 나서 그는 신발을 손에 들고 양말 바람으로 계단을 올라갔다. 반쯤 열린 거실 문틈으로 불빛이 보였고, 오랜 기다림 끝에 잠들어버린 무두장이 아내가 방 안의 소파에 누워 깊게, 천천히 내쉬는 숨소리가 들렸다. 그는 소리 나지 않게 자신의 방으로 올라가 문을 안쪽에서 단단히 잠그고는 잠자리에 들었다. 다음 날엔 떠나리라 결심한 채였다.

크눌프에 대한 나의 회상

즐거운 청춘의 한창때, 크눌프도 아직 살아 있던 시절의 일
이다. 그때 우리는, 그러니까 그와 나는 태양이 작열하는 여름
에 비옥한 지역을 두루 여행 다녔고 근심도 거의 없었다. 하
루 온종일 우리는 황금빛 밀밭을 따라 거닐거나, 선선한 호두
나무 아래 혹은 숲 가장자리에 누워 지냈다. 그러다 저녁이 되
면 나는 크눌프가 농부들에게 이야기를 들려주고, 아이들에
게 그림자놀이를 보여주고, 아가씨들에게는 여러 가지 노래
를 불러주는 것을 듣곤 했다. 나는 즐겁게 귀 기울여 들었으
며 질투하는 마음은 없었다. 다만 그가 아가씨들 가운데 서서
갈색으로 그은 얼굴에 광채를 발하고 있을 때, 그리고 처녀들
이 몹시 웃고 조롱하면서도 그를 향해 꼼짝 않고 시선을 고정
하고 있을 때면, 이따금 그는 보기 드문 행운아고 나는 그 반

대인 것처럼 여겨지곤 했다. 때때로 나는 방해가 되지 않기 위해 슬쩍 자리를 비키기도 했다. 그러고는 거실에 계신 신부님을 찾아가 재미있는 대화를 나누고 잠자리를 청하거나 호젓하게 한잔하러 술집을 찾거나 했다.

어느 날 오후 우리가 한 교회 묘지 옆을 지나가게 되었던 일이 기억난다. 묘지는 작은 교회당과 함께 근처 마을에서 멀리 떨어진 채 들판 한가운데 외롭게 위치하고 있었다. 담 위에는 짙은 숲 덤불이 드리워져 있어 뜨거운 대지 속에서 묘지는 진정 평화롭고 정겨운 모습이었다. 입구에는 커다란 상수리나무 두 그루가 서 있었고, 창살문은 잠겨 있었다. 나는 그냥 지나쳐 가려고 했으나 크눌프는 다른 생각이어서 담을 뛰어넘을 채비를 하는 것이었다.

내가 물었다. "벌써 또 휴식인가?"

"그럼 그럼. 안 그러면 발바닥이 아플 것 같아."

"좋아, 그렇지만 하필 교회 묘지여야 하겠나?"

"물론이지, 따라오기만 하게. 농부들이란 낭비하지 않는 사람들이지. 하지만 그들은 땅속에서는 편히 지내고 싶어 해서 노력을 아끼지 않고 묘지와 주변을 깨끗하게 단장한다네."

그래서 나도 함께 담을 넘었는데, 그의 말이 맞는다는 걸 알 수 있었다. 담을 기어오를 만한 가치가 충분히 있었던 것이다. 그 안에는 묘지들이 직선과 곡선을 이루며 나란히 자리 잡고 있었는데, 대부분의 묘에는 하얀 나무 십자가가 꽂혀 있었다. 그 위나 주변은 온통 푸르고 꽃들이 만발해 있었다. 메꽃과 제라늄이 즐거운 듯 활짝 피었고, 그 뒤쪽 어두운 그늘

속에는 철 지난 계란풀이 만발하였다. 장미 덤불에는 장미꽃이 만개하였고, 말오줌나무와 라일락은 가지와 잎으로 무성하게 우거졌다.

우리는 잠시 그 모든 것을 둘러보고 나서, 군데군데 길게 자라나기도 하고 꽃이 피어 있기도 한 잔디밭에 앉아 휴식을 취했는데, 더위가 가시면서 기분이 좋아졌다.

크눌프가 바로 옆의 십자가 위에 적힌 이름을 읽더니 이렇게 말했다.

"엥겔베르트 아우어란 사람인데 예순 살이 넘게 살았군. 하지만 이제는 고운 꽃을 피우는 목서초 아래 누워 안식을 취하고 있지. 나도 나중엔 목서초를 갖고 싶어. 우선 여기서 한 송이를 가져야겠어."

내가 말했다. "그 꽃은 내버려두고 다른 걸 갖게. 목서초는 금세 시들어."

하지만 그는 한 송이를 꺾어서 잔디 위 자신의 옆에 놓아둔 모자에 그 꽃을 꽂았다.

"여긴 정말 조용하군그래!" 내가 말했다.

그러자 그가 말했다. "그래, 조용하지. 하지만 좀 더 조용해진다면 저 아래에 누워 있는 사람들이 말하는 걸 들을 수 있을 텐데."

"말도 안 돼. 그들은 더 이상 말하지 않아."

"그걸 누가 알겠나? 죽는 것은 잠자는 것이라고들 하잖아. 사람들은 잘 때 종종 말도 하고 때로는 노래도 불러."

"자넨 그럴지도 모르지."

"그럼, 당연하지. 내가 만일 죽게 되면 난 일요일에 아가씨들이 이곳에 들러 둘러보다가 어느 무덤에서 꽃 한 송이 꺾기를 기다릴 거야. 그러고는 아주 조용히 노래를 부르기 시작하는 거지."

"그래, 어떤 노래인데?"

"어떤 노래냐고? 어떤 노래든."

그는 땅 위에 길게 눕더니 두 눈을 감고는 곧 나지막하고 어린아이 같은 목소리로 노래를 부르기 시작했다.

> 난 어려서 죽었으니
> 나를 위해 노래를 불러줘요, 그대 아가씨들,
> 작별의 노래를 말이에요.
> 내가 다시 돌아온다면,
> 내가 다시 돌아온다면,
> 난 잘생긴 소년일 거예요.

그 노래가 마음에 들었지만 웃지 않을 수 없었다. 그는 아름답고 부드럽게 노래했다. 때때로 가사의 의미가 불완전하긴 해도 멜로디는 정말 아름답고 사랑스러웠다.

내가 말했다. "크눌프, 아가씨들에게 너무 무리한 약속을 하진 마. 안 그러면 그녀들이 자네의 노래 듣는 걸 당장 그만두게 될 테니. 다시 돌아온다는 말이 옳긴 하지만, 확실하게 얘기할 수 있는 사람은 아무도 없지. 게다가 자네가 정말 잘생긴 소년이 될지 어떨지는 그야말로 아무도 모를 일이니까."

크눌프에 대한 나의 회상

"맞아, 알 수 없는 일이지. 하지만 정말 그렇게 되었으면 좋겠어. 그저께 말이야, 우리가 길을 물어봤던 자그마한 소년 아직 기억하지? 소를 몰고 있었잖아. 난 다시 그런 소년이 되었으면 좋겠어. 자넨 안 그런가?"

"응, 난 그렇지 않아. 예전에 어떤 노인을 알게 되었는데 아마 일흔도 넘었을 거야. 아주 고요하고 선량한 눈매를 가진 분이었지. 그는 선하고 지혜롭고 평온한 분이었어. 그때부터 난 때때로 나도 그런 사람이 되었으면 좋겠다는 생각을 하게 됐어."

"그래, 자네에겐 그런 면이 좀 부족한 게 사실이야. 그건 그렇고 소원이란 건 재미있는 면이 있어. 내가 만일 지금 이 순간 고개 한번 끄덕이는 걸로 멋지고 조그마한 소년이 될 수 있고, 자네는 고개 한번 끄덕이는 걸로 섬세하고 온화한 노인이 될 수 있다면, 우리들 중 누구도 고개를 끄덕이지 않을걸. 그러고는 지금 이 모습 그대로 남아 있기를 원할 거야."

"그 역시 맞는 말이야."

"아무렴. 다른 경우도 그래. 보라고. 난 종종 이런 생각을 하지. 이 세상에 존재하는 가장 아름답고 멋진 것은 금발의 날씬하고 젊은 아가씨라고 말이야. 하지만 틀린 생각이야. 왜냐하면 검은 머리의 아가씨가 훨씬 더 아름다운 경우를 많이 보게 되니까. 그리고 또 이런 생각이 들 때도 있어. 무엇보다도 아름답고 멋진 것은 자유롭게 공중을 날아다니는 예쁜 새라고 말이야. 또 다른 때는 나비, 예컨대 날개 위에 빨간 눈이 그려진 하얀 나비만큼 기막힌 게 없는 것 같기도 하고. 그런가

하면 높은 하늘 위 구름 속에서 빛나는 저녁 햇살이 그렇게 생각되기도 해. 모든 것이 은은하게 빛나고, 그래서 모든 것이 너무나 행복하고 순결해 보이는 그런 순간의 햇살 말이야."

"정말 그래, 크눌프. 적절한 순간에 바라보면 거의 모든 것이 아름다워."

"그래. 하지만 난 또 다른 생각이 들기도 해. 가장 아름다운 것이란 사람들로 하여금 즐거움뿐만 아니라 슬픔이나 두려움도 항상 함께 느끼게 하는 것이라는 생각이 들어."

"왜 그렇지?"

"무슨 말이냐 하면, 정말로 아름다운 소녀가 하나 있다고 해봐. 만일 지금이 그녀가 가장 아름다운 순간이고, 이 순간이 지나면 그녀가 늙을 것이고 죽게 될 것이라는 사실을 모른다면, 아마도 그녀의 아름다움이 그렇게 두드러지지는 않을 거야. 어떤 아름다운 것이 그 모습대로 영원히 지속된다면 그것도 기쁜 일이겠지. 하지만 그럴 경우 난 그것을 좀 더 냉정하게 바라보면서 이렇게 생각할 거야. 이것은 언제든지 볼 수 있는 것이다, 꼭 오늘 보아야 할 필요는 없다라고. 반대로 연약해서 오래 머무를 수 없는 것이 있으면 난 그것을 바라보게 되지. 그러면서 기쁨만 느끼는 게 아니라 동정심도 함께 느낀다네."

"그렇겠군."

"그래서 난 밤에 어디선가 불꽃놀이가 벌어지는 것을 제일 좋아해. 파란색과 녹색의 조명탄들이 어둠 속으로 높이 올라가서는, 가장 아름다운 순간에 작은 곡선을 그리며 사라져버리잖아. 그래서 그 모습을 바라보고 있으면 즐거움을 느끼는 동시에, 그것이 금세 사라져버릴 거라는 두려움도 느끼게 돼. 이 두 감정은 서로에게 연결된 것이고, 그렇기 때문에 오래 지속되는 것보다 훨씬 더 아름답게 느껴지는 것이지. 그렇지 않아?"

"그래, 맞아. 하지만 그게 모든 경우에 다 해당되는 것은 아냐."

"왜 아니라는 거야?"

"예를 들어 두 사람이 서로 사랑해서 결혼을 한다거나, 우정을 맺는다거나 그럴 경우엔 그것이 오래 지속되고 금세 종말을 맞지 않는다는 바로 그 사실 때문에 아름다운 법이니까."

크눌프는 나를 주의 깊게 바라보았다. 그러고는 검은 속눈썹을 깜박이며 깊은 생각에 잠긴 채 이렇게 말하는 것이었다. "내 생각도 그래. 하지만 다른 모든 경우와 마찬가지로 거기에도 언젠가는 종말이 오게 되지. 우정을 망가뜨릴 수 있는 요소는 아주 많거든, 사랑의 경우도 마찬가지고."

"그렇긴 해, 하지만 그런 일은 실제로 일어나기 전에는 전혀 생각나지 않는 법이지."

"모르겠어. 이보게, 난 내 생애에 두 번의 사랑을 경험했어, 진정한 사랑을 말하는 걸세. 두 번 다 이 사랑은 영원한 것이고 오직 죽음으로써만 끝낼 수 있으리라 확신했었지. 그런데 두 번의 사랑이 모두 끝났고, 난 죽지 않았어. 고향에 친구도 하나 있었어. 우리가 살아 있는 동안 서로 연락도 없이 지낼수 있으리라고는 생각도 못 했었지. 하지만 우린 이미 오래전에 연락이 끊겼다네."

그는 침묵했다. 나는 그의 이야기에 대해 아무 할 말이 없었다. 모든 종류의 인간관계 속에 숨어 있는 고통을 난 아직 실제로 겪어본 적이 없었다. 또한 두 사람이 여전히 밀접한 관계에 있다고 해도 그 사이에는 언제나 깊은 심연이 입을 벌리고 있으며, 그 심연은 오직 사랑으로만, 그것도 매 시간마다 임시 다리를 통해 간신히 건너갈 수 있을 뿐이라는 것을 그때까지 경험해 보지 못했던 것이다. 나는 조금 전에 친구가 했던 이야기들을 곰곰이 생각해 보았다. 그중에서 제일 마음에 드는 건 불꽃놀이에 대한 이야기였다. 왜냐하면 나도 이미 여러 번 그와 똑같이 느껴본 적이 있기 때문이었다. 부드럽고 매혹적인 형형색색의 불꽃이 어둠 속으로 높이 솟아올랐다가 금세 그 속에 잠겨 사라져버리는 모습은, 마치 아름다우면 아름다울수록 안타깝게 그리고 더 빠르게 사그라지고 마는 모든 인간적 쾌락을 상징하는 것 같다는 생각이 들었다. 나는 이런 생각을 크눌프에게도 이야기했다.

하지만 그는 내 이야기에 관심을 기울이지 않았다.

"그래, 맞아." 그렇게 대답할 뿐이었다. 그리고 나서 한참이 지난 후 감정을 억누른 듯한 목소리로 그가 말했다. "계획하고 생각한다는 것은 아무 의미가 없는 일이야. 사실 사람들은 자신이 생각하는 대로 행동하지 않거든. 실제로는 바로 자신의 마음이 원하는 대로 매순간 아주 무분별하게 행동하지. 친구가 된다거나 사랑에 빠지는 경우가 아마도 내가 말한 경우에 해당되겠지. 하지만 결국 모든 사람은 자신의 몫을 철저히 혼자서 지고 가는 것이고 다른 사람들과 공유할 수는 없는 거야. 누군가가 죽었을 경우에도 그걸 알 수가 있지. 하루, 한 달, 또는 일 년 동안 사람들이 통곡하며 애도하겠지. 하지만 그러고 나면 죽은 자는 영원히 죽었고 사라진 거야. 그다음엔 그의 관 속에 고향도 없고 아는 사람도 없는 떠돌이 기능공이 누워 있다 해도 아무 상관없는 일이 되는 거야."

"이봐, 그건 인정할 수 없는 얘기야, 크눌프. 우린 종종 삶에는 결국 어떤 의미가 있는 게 분명하고, 또 누군가가 사악하고 적대적이지 않고 선량하고 우호적이라면 그건 가치 있는 일이라고 얘기 나누지 않았나. 그런데 지금 자네 이야기는 결국 모든 것이 똑같다는 말 아닌가. 그렇다면 우리가 도둑질하거나 살인을 해도 아무 상관이 없다는 얘기겠군."

"아냐, 그럴 수는 없을 걸세, 이 친구야. 자네가 할 수 있다면 우리가 앞으로 만나는 사람 몇 명을 한번 때려죽여 보게! 아니면 노랑나비가 파랗게 되기를 기원해 보든가. 나비가 자넬 비웃을걸."

"나도 그런 뜻으로 한 얘기는 아니야. 하지만 모든 것이 다 똑같을 뿐이라면 선량하고 정직하게 살고자 하는 것이 아무 의미 없는 일이겠지. 파란색이나 노란색이나 똑같고, 선한 것이나 악한 것이 똑같다면 당연히 선량함이란 것도 존재하지 않게 될 거야. 모두가 숲속의 짐승처럼 되어 자신의 본능대로 행동할 테고, 그러면 좋은 일을 한다거나 죄를 짓는다거나 그런 것도 아예 없겠지."

크눌프는 한숨을 내쉬었다.

"그래, 그 점에 대해서는 뭐라 말해야 할지! 어쩌면 자네가 이야기한 것처럼 될지도 모르지. 그렇게 되면 의지라는 게 아무런 가치가 없는 것이고 모든 것이 우리를 완전히 배제한 채로 저절로 진행된다는 것을 깨닫고, 사람들이 몹시 상심하게 되는 경우가 가끔 생기겠지. 하지만 사람이 사악해지는 것 말고는 다른 길이 없다고 해도 한 가지 죄는 여전히 존재하게 되지. 그 사람은 자신의 내부에서 그것을 느낄 테니까. 그리고 선한 일을 하면 만족을 느끼고 양심의 가책도 없을 테니, 그렇게 되면 선한 일이 바로 옳은 일이 될 수밖에 없겠지."

그가 이 대화에 싫증이 났다는 것을 그의 얼굴을 보고 알 수 있었다. 그는 자주 그랬다. 철학적인 토론을 시작해서 여러 가지 주장들을 제시하면서 그것들을 지지하거나 반박하다가 갑작스럽게 중단해 버리곤 했다. 전에는 그가 나의 불충분한 대답이나 반박 때문에 짜증이 나서 그러는 거라고 생각했다. 그러나 그런 이유가 아니었다. 그는 사색적인 것을 좋아하는 자신의 성향이 결국엔 그의 지식과 화술로는 감당할 수 없는 영역까지 스스로를 몰아간다고 느끼고 있었던 것이다. 그는 정말 많은 책을 읽었고, 그중에서도 특히 톨스토이의 책을 많이 읽기는 했지만 옳은 이론과 궤변을 항상 제대로 분간해 낼 수 있는 것은 아니었고, 그 자신도 그것을 알고 있었다. 그는 마치 재능 있는 어린애가 어른들에 대해 이야기하는 것 같은 투로 학자들에 대해 이야기하곤 했다. 그는 그들이 자신보다 더 많은 힘과 능력을 가지고 있다는 것을 인정해야만 했다. 그러나 그들은 그 능력으로 어떤 올바른 일도 시작한 바가 없고, 그렇게 많은 재주를 가졌음에도 불구하고 어떤 어려운 문제도 해결하지 못했기 때문에 그는 그들을 경멸했다.

이제 크눌프는 두 손으로 머리를 받친 채 다시 누워, 시커먼 말오줌나무 사이로 푸른빛 무더운 하늘을 바라보며 라인 지방의 오래된 민요를 혼자서 흥얼거리고 있었다. 마지막 절의 가사는 지금도 기억이 난다.

> 예전엔 빨간 양복을 입었지,
> 이제는 검은 양복을 입어야 한다네,
> 6, 7년 동안,
> 나의 연인이 다 썩어 없어질 때까지.

저녁 늦게 우리는 덤불숲의 어두운 가장자리에 마주 앉아 각자 커다란 빵 한 덩어리와 쉬첸 소시지 반개씩을 들고 먹으면서 밤이 깊어가는 모양을 바라보고 있었다. 조금 전까지만 해도 낮은 언덕들은 석양을 받아 노랗게 빛나며 솜털처럼 부드럽고 밝은 광선 속에 아련하게 녹아 있는 듯하더니, 어느새 벌써 시커멓고 뚜렷한 자태로 나무들과 산등성이와 덤불숲을 하늘 위에 까맣게 그려놓고 있었다. 하늘엔 대낮의 푸른빛이 여전히 옅게 남아 있기는 했지만 이미 검푸른 빛이 훨씬 더 짙게 드리워져 있었다.

아직 빛이 있는 동안 우리는 작은 책에 실린 재미난 이야기들을 소리 내어 읽었다. 책 제목은 '독일 손풍금 뮤즈 음악'이었는데 미숙하고 우스꽝스러운 삼류시들이 작은 목판화들과 함께 실려 있었다. 그러나 그것도 태양 빛이 사라지면서 더 이상 할 수 없게 되었다. 식사를 마치고 나자 크눌프가 음악이 듣고 싶다고 했다. 나는 주머니에서 빵 부스러기가 잔뜩 낀 하모니카를 끄집어내 깨끗이 턴 후, 자주 불리는 노래 몇 곡을 연주했다. 우리는 이미 한참을 어둠 속에 앉아 있었는데, 이제 어둠은 우리 눈앞에서 멀리 다양한 모양의 능선을 이루고 있는 대지 위로 펼쳐져 갔고, 하늘에서도 창백한 빛이 사라지고 점점 어두워지면서 별들이 하나씩 둘씩 천천히 빛을 발하기 시작했다. 우리의 하모니카 소리는 경쾌하고 가냘프게 들판을 향해 달려가다가 금세 드넓은 허공 속으로 흩어져 버렸다.

"지금 벌써 잠을 잘 수는 없잖아." 내가 크눌프에게 말했다. "얘기 하나만 해줘, 사실이 아니어도 돼. 동화도 괜찮고."

크눌프는 생각에 잠겼다.

"좋아." 그가 말했다. "이야기이면서 동시에 동화야, 두 가지가 한꺼번에 들어 있지. 사실은 꿈 이야기거든. 지난가을에 내가 꾼 꿈인데, 그 후에도 두 번이나 거의 똑같은 꿈을 꾸었어. 그 얘길 해주지.

내 고향과 비슷한 어느 작은 도시에 거리가 있는데, 모든 집들이 거리를 향해 합각지붕을 뻗치고 있는 거야. 그런데 그 집들은 보통 볼 수 있는 것보다 더 높은 집들이었어. 내가 그 사이를 걷고 있었는데, 마치 아주아주 오랜 시간이 지난 후 드디어 고향으로 다시 돌아온 것 같은 느낌이 들었어. 하지만 난 아주 기쁘기만 한 건 아니었어, 왜냐하면 뭔가 이상하다는 느낌이 들었거든. 내가 어디 다른 곳에 와 있는 것은 아닌지, 이곳이 정말 고향인지 도무지 알 수가 없는 거야. 몇몇 길목은 제 모습 그대로 있어서 금세 알아볼 수가 있었지만, 많은 집들이 낯설고 익숙지 않은 모습이었어. 난 광장으로 가는 다리와 길도 찾지 못하고 그 대신 어느 낯선 정원과 교회 옆을 지나가게 되었지. 교회는 쾰른이나 바젤에 있는 것처럼 두 개의 높은 탑을 갖추고 있었지. 하지만 우리 고향의 교회에는 탑이 없고 임시 지붕을 얹은 볼품없는 건물만 있거든. 사람들이 애초에 짓기를 잘못 지은 데다가 탑을 다 완성하지도 못했기 때문이지.

사람들의 경우도 마찬가지였어. 멀리서 보면 몇몇 사람들은 내가 아주 잘 아는 사람들이었어. 나는 그들의 이름을 알고 있었고, 그 이름이 입에서 맴돌아 큰 소리로 외쳐 부르려고 했어. 하지만 어떤 이들은 내가 부르기 전에 집으로 들어가거나 옆길로 접어들어 사라져버렸어. 그리고 누군가가 가까이 다가와 내 곁을 지나갈 때면 그는 낯선 사람으로 변해 버리는 것이었어. 하지만 그가 날 지나쳐서 멀어지고 나면 나는 그 뒷모습을 보며 내가 아는 그 사람이 분명하다는 생각을 하는 거였어. 또 나는 어느 가게 앞에 몇몇 부인들이 나란히 서 있는 것을 보았는데, 심지어 그중 한 사람은 돌아가신 내 이모님처럼 보이더라고. 하지만 내가 그들에게 가 보면 난 다시 그녀들을 전혀 모르겠고, 그녀들이 내가 거의 알아들을 수 없는 아주 낯선 사투리로 이야기하는 것을 듣게 되는 거야.

마침내 난 이런 생각을 했어. 어서 이 도시를 벗어났으면 좋겠다, 이곳은 내 고향이면서도 내 고향이 아니다. 하지만 나는 매번 다시 낯익은 집이나 낯익은 얼굴을 향해 달려갔고 그들은 모두 나를 바보 취급했지. 그런데도 나는 화가 나거나 불쾌해지지 않고 오직 슬프고 굉장히 두려울 뿐이었어. 난 기도를 하고 싶어져서 온 힘을 쥐어짜 기억해 내려고 했지만 쓸데없고 어리석은 관용구만 떠올랐어. 예를 들면 '지극히 존경하는 선생님'이나 '현재 상황에서는' 그런 말 말이야. 나는 당황하고 슬픔에 잠긴 채 그 관용어들을 내뱉고 있었지.

그렇게 몇 시간이 더 흘러간 것 같았어. 나는 열이 오르고 지쳐서 아무런 의욕도 없이 비틀거리며 계속해서 걸어가고만 있었지. 벌써 저녁이었어. 나는 다음 번에 만나는 사람에게 숙소나 길을 물어야겠다고 마음먹었지만 아무에게도 말을 걸 수가 없었어. 모두들 내가 마치 공기라도 되는 듯이 내 곁을 그냥 스쳐 지나가 버렸거든. 나는 곧 지치고 낙담해서 울음이 터질 것 같았어.

그때 갑자기 길모퉁이를 또 하나 돌아가게 되었는데, 눈앞에 내가 살았던 옛 거리가 펼쳐져 있는 거야. 약간 변하고 화려해지긴 했지만 이제는 그런 사실이 크게 마음에 걸리지 않았어. 나는 그곳으로 달려갔지. 꿈속이라 좀더 화려한 모습이었음에도 나는 한 집 한 집을 분명하게 알아보았어. 그리고 마침내는 내가 자란 옛 고향집도 발견했어. 그 집 역시 실제보다 높았지만 그 점 말고는 거의 옛날과 똑같았어. 기쁨과 흥분이 전율처럼 등줄기를 타고 올라오더군.

그런데 그 문 아래에 헨리에테라는 이름을 가진 내 첫사랑의 여인이 서 있는 것이었어. 예전보다 더 크고 조금 달라 보였을 뿐이었는데, 굉장히 아름다워졌더군. 가까이 다가가면서 나는 그녀의 아름다움이 기적과도 같고 그녀가 천사처럼 보인다는 것을 깨달았지만, 동시에 그녀의 머리가 밝은 금발이고 헨리에테의 갈색 머리가 아니라는 것도 알 수 있었지. 하지만 아무리 아름답게 변했다 해도 그녀는 분명히 헨리에테였어.

'헨리에테!' 하고 나는 그녀를 향해 외치며 모자를 벗었어. 왜냐하면 그녀가 너무 멋있게 보였기 때문에, 그녀가 여전히 나를 알아볼지 자신할 수가 없었기 때문이야.

그녀가 몸을 홱 돌리며 내 눈을 바라보았어. 하지만 그녀가 그렇게 나의 눈을 바라보자, 나는 깜짝 놀랐고 너무나 부끄러웠지. 왜냐하면 그녀는 내가 이름 불렀던 그 헨리에테가 아니라 나와 오랫동안 사귀었던 두 번째 연인 리자베트였기 때문이야.

'리자베트!' 나는 이제 그렇게 부르며 그녀에게 손을 내밀었어.

그녀는 나를 쳐다보았는데 마치 신이 인간을 바라볼 때처럼 그 눈길이 가슴까지 닿는 것 같았지. 엄격하거나 교만하지 않고 아주 평온하고 맑은 눈빛이었지만, 너무나 영적이고 우월해 보여서 나는 내가 한 마리 개라도 된 것 같은 느낌이 들었어. 그녀는 나를 바라보며 심각하고 우울한 표정을 짓더니, 건방진 질문이라도 받은 사람처럼 고개를 가로저으며 내가 내민 손을 잡지도 않고 집으로 다시 들어가서는 등 뒤로 조용히 문을 닫아버리는 것이었어. 자물쇠가 찰칵 하고 채워지는 소리까지 나더군.

나는 돌아서서 그 자리를 떠났지. 흐르는 눈물과 깊은 슬픔 때문에 거의 아무것도 볼 수 없었지만, 그래도 도시의 모습이 다시 변했다는 것을 깨닫고 기이한 느낌이 들었어. 왜냐하면 이제 모든 거리와 모든 집, 모든 것들이 예전과 똑같아지고 이상하던 것들은 완전히 사라져버렸기 때문이었지. 합각지붕은 더 이상 그렇게 높지 않았고 옛날과 빛깔도 같았어. 사람들도 정말로 그대로여서 나를 알아보고는 기뻐하고 놀라면서 나를 쳐다보았고, 몇몇 사람은 내 이름을 부르기까지 했지. 하지만 난 전혀 대답할 수가 없었고 멈춰 설 수도 없었어. 오히려 나는 있는 힘껏 그 친근한 거리를 달려 지나가 다리를 건너고 시내를 벗어났지. 그리고 비탄에 잠겨 젖은 눈으로 그 모든 것들을 바라보았어. 이유는 알 수 없었지만 이제 난 그곳의 모든 것을 잃어버렸고, 치욕스럽게 도망쳐야만 한다는 생각이 들 뿐이었지.

그러고 나서 내가 교외의 백양나무 아래 이르러 잠시 멈추어야 했을 때, 그제야 내게 떠오른 생각은 내가 고향에 와서 우리 집 앞에 갔었으며, 그런데도 아버지와 어머니, 형제들과 친구들 생각을 한 번도 하지 않았다는 것이었어. 내 마음속에서는 여태 경험해 본 적 없는 당황스러움과 비애와 수치심이 끓어올랐지. 하지만 되돌아가서 모든 것을 다시 만회해 볼 수는 없었어. 왜냐하면 꿈은 끝이 났고, 난 깨어났으니까.”

크눌프가 말했다. “모든 사람은 영혼을 가지고 있는데, 자신의 영혼을 다른 사람의 것과 섞을 수는 없어. 두 사람이 서로에게 다가갈 수도 있고 함께 이야기할 수도 있고 가까이 함께 서 있을 수도 있지. 하지만 그들의 영혼은 각자 자기 자리에 뿌리 내리고 있는 꽃과도 같아서 다른 영혼에게로 갈 수가 없어. 만일 가고자 한다면 자신의 뿌리를 떠나야 하는데 그것 역시 불가능하지. 꽃들은 다른 꽃들에게 가고 싶은 마음에 자신의 향기와 씨앗을 보내지. 하지만 씨앗이 적당한 자리에 떨어지도록 꽃이 할 수 있는 일은 아무것도 없어. 그것은 바람이 하는 일이야. 바람은 자신이 원하는 대로, 자신이 원하는 곳에서 이곳저곳으로 불어댈 뿐이지."

조금 후에 그가 덧붙여 말했다. "내가 자네에게 이야기한 꿈도 같은 의미를 가지고 있는 것 같아. 나는 헨리에테에게도 리자베트에게도 의식적으로 나쁜 짓을 한 적은 없어. 하지만 내가 두 사람을 한때 사랑했고 나의 소유로 만들고 싶어 했기 때문에, 그녀들과 비슷하지만 그 누구도 아닌 꿈속의 형상이 되어 그녀들이 내게 나타난 것 같아. 그 형상은 나의 소유지만 더 이상 살아 있지는 않지. 난 종종 내 부모님에 대해서도 그런 생각을 하지 않을 수 없어. 부모님은 내가 그분들의 자식이고 자신들과 비슷하다고 생각하셔. 하지만 내가 그분들을 사랑함에도 불구하고 그분들에게 난 이해할 수 없는 낯선 인간일 뿐이야. 내게 중요한 일이고 어쩌면 내 영혼 자체일지도 모르는 일들을 부모님은 하찮게 여기시고, 그것이 내가 어리거나 변덕스러운 탓이라고 치부해 버리시는 거야. 그러면서도 그분들은 나를 사랑하시고 기꺼이 최고의 사랑을 베풀어주시지. 아버지는 자기 자식에게 코와 두 눈과 심지어는 이성까지 물려줄 수 있지만 영혼은 아니야. 영혼은 각각의 사람들 속에 새롭게 존재하는 것이지."

나는 그의 이야기에 대해 할 말이 없었다. 당시의 나는 적어도 내 자신의 필요에 의해서는 그런 식의 생각을 해본 일이 아직 없었던 것이다. 그의 복잡한 생각이 내게는 그리 심각하게 다가오지 않았고, 크눌프에게도 이런 이야기가 어떤 투쟁이라기보다는 일종의 놀이일 거라고 짐작했기 때문에 나는 사실 아주 기분이 좋았다. 게다가 둘이서 잘 마른 잔디밭에 누워 밤이 깊어지고 잠이 오기를 기다리며, 일찌감치 나타난 별들을 바라보는 것은 평화롭고 멋진 일이었다.

내가 말했다. "크눌프, 자넨 사상가야. 교수가 되었더라면 좋을 뻔했어."

그는 웃으며 고개를 저었다.

"그보다는 내가 언젠가 구세군이 되는 게 더 가능성 있을걸." 그는 깊은 생각에 잠겨 그렇게 말하는 것이었다.

나는 참지 못하고 이렇게 말했다. "이봐, 농담할 생각은 말라고! 성인(聖人)도 한번 되어보고 싶다고 하지 그러나?"

"맞아, 성인도 되고 싶어. 생각과 행동이 정말로 진실하다면 누구든지 거룩한 거야. 어떤 일이 옳다고 생각되면 반드시 그 일을 해야 해. 내가 구세군이 되는 게 옳다고 여겨지는 때가 온다면 나도 그렇게 했으면 해."

"또 구세군 이야기군!"

"그래. 그 이유를 이야기해 주지. 난 그동안 많은 사람들과 얘길 나눠봤고, 또 여러 가지 연설도 들었어. 신부, 교사, 시장,

사회민주주의자, 자유주의자 들이 얘기하는 걸 들었지. 하지만 그중 어느 누구도 가슴속 깊이 진실한 사람은 없었고, 위기의 순간에 자신이 깨달은 지혜를 지키기 위해 스스로를 희생하리라 믿어지는 사람도 없었지. 하지만 구세군은 여러 가지 음악을 연주하며 소란을 벌이지만, 난 벌써 거기서 서너 차례나 진실한 사람들을 만났고 이야기도 들어봤다고."

"도대체 그걸 어떻게 안다는 거야?"

"보면 알 수 있는 거야. 한 사람의 예를 들어볼게. 그 남자는 일요일 날 어느 마을에서 연설을 하고 있었어. 장소는 야외인데다 먼지 날리고 날은 무더워서 그는 곧 완전히 목이 쉬어버렸지. 그러지 않아도 그는 힘이 없어 보였던 참이야. 한마디도 더 내뱉을 수 없는 상황이 되면 그는 세 명의 동료에게 노래를 부르게 하고는 그 사이에 물을 한 모금 마시곤 했어. 마을 주민의 절반가량이 그의 주위에 둘러서서 애들이고 어른이고 그를 바보라고 생각하며 비난하고 있었지. 뒤쪽에 젊은 머슴 하나가 회초리를 들고 서 있었는데 그는 이따금씩 연사를 분통 터지게 하려고 굉장히 날카로운 소리를 내곤 했어. 그때마다 모두들 웃어댔지. 하지만 그 가련한 젊은이는 바보가 아니었는데도 화를 내지 않았어. 자신의 작은 목소리로 그 소란스러움 속에서 버텨내면서, 다른 사람이라면 소리 지르거나 욕을 퍼부을 만한 순간에도 미소를 짓는 것이었어. 알겠지, 그런 행동은 쥐꼬리만 한 보수를 위해서나 재미로 하는 게 아니야. 그 사람이 자신 안에 매우 경건한 본성과 확신을 가지고 있기 때문인 거야."

"그렇다고 해두지. 하지만 한 가지 예가 모든 경우에 다 들어맞는 건 아니잖아. 그리고 자네처럼 섬세하고 예민한 사람은 그런 소란 속에서는 견뎌내지 못할걸."

"어쩌면 가능할 거야. 섬세함과 예민함을 다 합한 것보다도 훨씬 더 값진 무엇인가를 깨닫고 그것을 소유한 사람이라면 말이야. 물론 한 가지 예가 모든 경우에 들어맞는 것은 아니야. 하지만 진리는 모든 경우에 들어맞는 법이지."

"아, 진리! 그 할렐루야를 외쳐대는 사람들이 바로 진리를 가지고 있는지 어떤지를 무슨 수로 알겠나."

"알 수 없지, 당연한 얘기야. 하지만 난 이렇게 말할 수 있어. 그것이 진리라는 걸 내가 알게 되는 날, 나 역시 그들을 따를 거라고."

"그렇겠지! 하지만 자넨 날마다 지혜를 발견하고서는 다음 날이면 그것을 전혀 인정하지 않잖아."

그는 놀라서 나를 바라보았다.

"자네 지금 심한 얘길 했어."

난 사과하려고 했지만, 그는 받아들이지 않은 채 침묵하였다. 잠시 후 그는 나지막이 잘 자라고 인사하더니 조용히 자리에 누웠다. 하지만 그가 벌써 잘 거라고는 생각되지 않았다. 나 역시 너무나 정신이 말짱해서 한 시간이 넘도록 팔꿈치를 괸 채 자리에 엎드려 밤경치를 바라보고 있었다.

아침이 되었을 때 나는 크눌프가 오늘은 기분이 좋다는 걸 금세 알 수 있었다. 내가 그렇게 말하자 그는 어린아이 같은 두 눈을 빛내며 내게 말했다. "바로 맞혔어. 그런데 말이야, 누군가가 그렇게 기분 좋을 때는 그 이유가 무엇인지 자네 알겠나?"

"아니, 이유가 뭔데?"

"그건 그 사람이 밤에 잠을 잘 잤고 정말 멋진 꿈을 꾸었기 때문인 거야. 하지만 그 꿈을 기억하고 있어서는 안 돼. 오늘 내가 바로 그래. 정말 멋지면서도 재미있는 꿈을 꾸었는데 전부 잊어버렸거든. 지금까지 기억하는 거라곤 정말 멋진 꿈이었다는 사실뿐이야."

우리가 다음 마을에 도착하여 아침 우유를 마시게 되기도 전에 그는 벌써 온화하고 경쾌하고 자연스러운 목소리로 건조한 아침 풍경을 향해 방금 지은 노래 서너 곡을 불렀다. 이 노래들이 기록되거나 인쇄되는 일은 거의 없을 터였다. 하지만 크눌프는 위대한 시인은 아니어도 보통의 시인은 되었고, 그가 직접 부르는 노래들은 종종 다른 훌륭한 노래들의 귀여운 형제자매인 듯 비슷하게 들렸다. 내가 기억하는 몇몇 부분과 가사들은 정말 아름답고 나에게는 지금도 여전히 소중하다. 그중 어떤 노래도 기록되지는 않았다. 그의 노래들은 바람이 불듯이 아무런 해를 끼치지 않고, 그리고 어떤 책임감도 없이, 이 세상에 와서 존재하다가 사라졌다. 하지만 그의 노래들은 나와 크눌프뿐만 아니라 어린아이고 어른이고 할 것 없이 다른 많은 사람들을 짧은 순간순간 즐겁고 행복하게 해주었던 것이다.

환한 모습으로 멋지게 차려입고서
아가씨가 문 밖을 나서듯
그녀는 상기된 채, 그렇지만 당당하게
전나무 숲 위로 솟아오르네.

그날 크눌프는 그렇게 해에 대해 노래했다. 해는 그의 노래 속에 거의 언제나 등장하여 칭송을 받곤 했다. 특이한 것은 대화할 때는 그토록 사색에 관한 얘기를 빼놓지 못하는 그였건만, 그의 노래는 밝은색 여름옷을 입은 귀여운 어린아이들이 이리저리 뛰노는 것처럼 자유분방하다는 점이었다. 또한 그의 노래들은 종종 아무 의미 없이 장난스러웠고, 단지 현재의 들뜬 기분을 발산하기 위한 것일 때가 많았다.

그날 나는 완전히 그의 기분에 전염되었다. 우리는 마주치는 사람 모두에게 인사하고 농담을 건넸다. 그래서 우리의 뒤에서는 웃음이 터지기도 하고 욕설이 들려오기도 했다. 우리는 그날 하루 종일 축제처럼 지냈다. 우리는 학교 다닐 때 했던 장난이나 재미있는 이야기를 서로 들려주었고 지나가는 농부들과 그들의 말과 소 들에게까지 별명을 붙였다. 어느 외진 정원 울타리 가에 앉아 훔친 구즈베리 열매를 배가 부르도록 먹은 우리는 거의 매시간마다 휴식을 취해 가며 우리의 힘과 장화 바닥을 아꼈다.

크눌프와 알게 된 그리 오래지 않은 시간 중에 그가 이토록 멋지고 사랑스럽고 재미있는 사람이라는 것을 깨달은 것은 처음 같았다. 나는 이제부터 비로소 실제적인 공동생활과 방랑과 재미있는 일들이 시작되겠구나 하는 기대를 가졌다.

낮에는 날씨가 무더워서 우리는 걸어 다니기보다는 주로 잔디에 누워 있었다. 저녁 무렵이 되어 소나기구름이 몰려들고 날씨가 험악해지자 우리는 밤을 지낼 만한 곳을 찾아보기로 결정했다.

크눌프는 이제 점점 말이 없어졌고 조금 피곤해 했다. 하지만 난 그것을 눈치채지 못하고 있었다. 왜냐하면 그가 여전히 나와 함께 웃음을 터뜨리고 내가 노래하면 끼어들기도 했기 때문이다. 나 자신은 점점 기분이 자유로워지면서, 내면으로부터 기쁨의 불꽃이 하나씩 타오르기 시작하는 것을 느끼고 있었다. 아마 크눌프의 내면에서는 반대로 축제의 등이 이미 꺼져가기 시작했을 것이다. 그 당시에 나는 기분이 좋은 날이면 언제나 밤이 깊어질 무렵에 더 생기가 넘쳐서 끝을 내지 못하곤 했다. 심지어는 다른 사람들이 벌써 한참 전에 지쳐 잠들었는데도 혼자서 밤새도록 여흥을 찾아 돌아다니는 일도 종종 있었다.

그날 저녁에도 난 기쁨의 열병에 휩싸이고 말았다. 그래서 우리가 골짜기 쪽에 위치한 큰 마을을 향해 가고 있을 때 나는 재미있는 밤을 보내기를 고대하고 있었다. 우선 우리는 외진 곳에 위치하고 있고, 출입하기 쉬운 어느 헛간을 숙소로 정한 다음 마을로 들어가 멋진 옥외 음식점을 찾았다. 왜냐하면 즐거운 날을 기념하여 나는 나의 친구를 이날의 손님으로 초대했고, 팬케이크와 맥주 몇 병을 살 생각이었기 때문이다.

크눌프 또한 초대를 기꺼이 받아들였다. 그러나 우리가 멋진 플라타너스 아래 놓인 정원 탁자에 자리를 잡고 나자, 그는 약간 당황한 듯 이렇게 말하는 것이었다. "이봐, 우리 너무 많이 마시려는 것은 아니겠지, 그렇지? 맥주 한 병이라면 좋아, 몸에도 좋고 기분도 좋아질 테니까. 하지만 더 이상은 마시고 싶지 않아."

나는 알았다고 했고, 많이 마시든 적게 마시든 즐겁기만 하면 된다고 생각했다. 우리는 따끈한 팬케이크에 갓 구워낸 갈색 호밀 빵을 곁들여 먹었다. 물론 나는 금세 두 병째 맥주를 시켰다. 반면에 크눌프는 첫 번째 병을 아직 절반이나 남겨놓고 있었다. 또다시 풍성하고 고급스럽게 맛있는 식사를 하고 나니 나는 기분이 아주 유쾌해졌고, 그 기분을 그날 저녁에 좀 더 즐기리라 생각하고 있었다.

크눌프는 자기 맥주병을 비우고 나자 내가 간청을 했음에도 불구하고 더 이상 마시지 않았고, 이제 마을을 잠시 산책한 후에 늦지 않게 자러 가자고 제안하는 것이었다. 그것은 내가 원하는 바가 전혀 아니었지만 나는 대놓고 반대하고 싶지는 않았다. 또한 내 술병이 아직 비지 않았기 때문에 그가 먼저 나가고, 나중에 다시 만나도록 하자는 그의 의견에 대해서도 난 반대하지 않았다.

그러자 그는 정말로 그 자리를 떠났다. 나는 그가 귀에 별 모양의 꽃 한 송이를 꽂은 채, 휴일을 즐기는 듯한 편안한 걸음걸이로 몇 개의 계단을 내려간 후 넓은 거리로 나가 천천히 마을 쪽으로 걸어가는 모습을 바라보았다. 그가 나와 함께 술 한 병을 더 비우려 하지 않은 것은 유감이었지만, 그 뒷모습을 보며 나는 그래도 즐거움과 애정을 느끼면서, '참 멋진 친구야.' 하고 생각했다.

해가 이미 졌는데도 그사이 날씨는 점점 더 무더워졌다. 나는 그런 날씨에 편안히 앉아 시원하게 저녁술을 마실 수 있다는 게 기분 좋았고 그래서 테이블에 조금 더 앉아 있을 생각으로 채비를 했다. 내가 거의 유일한 손님이었기 때문에 여종업원은 나와 이야기를 나눌 만한 시간이 충분했다. 나는 그녀에게 여송연 두 개비를 더 주문했다. 처음에는 그중 하나를 크눌프 것으로 정해 놓았으나 나중에는 잊어버리고 내가 피워 버렸다.

한 시간쯤 후에 크눌프가 되돌아와서 나를 데려가려고 했다. 하지만 나는 그곳에 더 머물러 있고 싶었고 그는 피곤하고 졸렸기 때문에, 우리는 그가 먼저 숙소로 가서 잠자리에 드는 걸로 의견 일치를 보았다. 그러고 나서 그는 갔다. 그러자 여종업원이 즉시 그에 대해 꼬치꼬치 캐묻기 시작했다. 왜냐하면 그는 모든 여자들의 시선을 끄는 존재였기 때문이다. 그는 내 친구인 데다 그 여자가 내 애인도 아니니, 나로서는 거리낄 것이 없었다. 난 기분이 좋았기 때문에 아주 열렬하게 그를 칭찬하기까지 했다. 나는 모든 사람에게 호의를 느끼고 있었다.

마침내 느지막이 내가 그곳을 출발할 때쯤엔 천둥이 치고 플라타너스 사이에서 조용히 바람이 불기 시작했다. 나는 계산을 하고 아가씨에게 10페니히를 선사하고는 느긋하게 길을 나섰다. 걸어가면서 내가 취했다는 것을 느낄 수 있었다. 한동안 나는 독한 술을 전혀 마시지 않고 지냈던 것이다. 하지만 어느 정도는 견딜 만했기 때문에 난 즐거울 따름이었다. 나는 우리의 숙소를 다시 찾을 때까지 가는 길 내내 노래를 불러 젖혔다. 나는 조용히 헛간에 들어섰다. 크눌프는 예상했던 대로 이미 잠들어 있었다. 나는 그가 갈색 겉옷을 펼쳐놓고 셔츠 바람으로 그 위에 누워 고르게 숨 쉬는 모습을 들여다보았다. 그의 이마와 드러난 목, 그리고 내뻗은 한 손이 희미한 어둠 속에서 창백하게 빛나고 있었다.

나도 옷을 입은 채로 드러누웠다. 하지만 흥분한 데다 머릿속에 생각이 가득해서 자꾸만 잠에서 깨어났고, 마침내 아주 깊이 혼곤한 잠에 빠져든 것은 밖에서 여명이 밝아올 무렵에 이르러서였다. 깊은 잠이었지만 편안한 잠은 아니었다. 몸은 무겁고 나른했으며 명확하지 않은 불쾌한 꿈들을 꾸었다.

아침에 내가 늦게서야 깨어났을 때는 이미 날이 환히 밝은 뒤였고, 그 밝은 햇빛 때문에 눈이 아팠다. 머릿속은 텅 비고 몽롱했으며 사지가 나른했다. 나는 길게 하품을 하고 눈을 비빈 후 관절에서 딱딱 소리가 나도록 팔을 쭉 뻗쳤다. 하지만 피곤하긴 해도 전날의 좋은 기분이 아직도 여운을 남기고 있어서, 나는 맑은 우물이 나타나면 곧바로 이 가벼운 숙취를 말끔히 씻어내야겠다고 생각했다.

그러나 그렇게 되지는 않았다. 주위를 둘러보니 크눌프가 보이지 않았다. 나는 그의 이름을 부르고 휘파람을 불었는데, 처음에는 불길한 예감이 들지도 않았다. 그러나 이름을 부르고 휘파람을 불어보고 찾아봐도 아무 소용이 없자, 퍼뜩 그가 나를 떠났다는 생각이 들었다. 그랬다, 그는 떠났다, 은밀히 떠나버린 것이다. 그는 더 이상 나와 함께 있고 싶지 않았던 것이다. 어쩌면 전날 내가 술을 마신 것이 그를 불쾌하게 했기 때문일 수도 있고, 어쩌면 자신이 전날 보여주었던 자유분방함이 오늘 생각해 보니 부끄럽게 여겨진 때문일 수도 있고, 어쩌면 단순한 변덕 때문이거나 나와의 교제에 대한 회의 혹은 갑자기 혼자 있고 싶은 마음이 생겨난 때문일 수도 있다. 하지만 아무래도 내가 술을 마신 것이 잘못인 것 같았다.

즐겁던 마음은 사라지고 나는 수치심과 슬픔에 온통 휩싸였다. 지금 나의 친구는 어디 있는 것일까? 나는 그의 이야기에 반대하면서, 내가 그의 영혼을 조금은 이해하고 그의 삶에 관여할 수 있다고 생각했다. 이제 그는 떠나버렸고 나는 홀로 실망한 채로 남아, 그를 비난하기보다는 나 자신을 비난하며 고독을 느끼고 있었다. 크눌프는 모든 사람이 고독 속에서 살고 있다고 얘기했지만, 나는 내 자신이 그것을 맛볼 거라고는 전혀 믿으려 하지 않았다. 고독은 쓰라린 것이었다, 그 첫날만 그랬던 게 아니다. 그동안 많이 희미해지긴 했지만, 그날 이후 고독이 나를 완전히 떠난 적은 없다.

종말

10월의 어느 청명한 날이었다. 가볍고 햇빛 가득한 대기는 가끔씩 변덕스러운 바람이 불어올 때마다 움찔거렸다. 들판과 정원 쪽으로부터는 가을철 모닥불에서 피어오른 푸르스름한 연기가 가느다란 선을 그리며 머뭇머뭇 다가와 환한 풍경을 잡초와 어린 나무가 타는 매우 향긋한 냄새로 가득 채우고 있었다. 마을 정원에는 진한 빛깔의 과꽃 덤불, 때늦은 창백한 장미와 달리아가 활짝 피었고, 울타리를 따라 이미 하얗게 빛바랜 잡초들 사이에서 새빨간 자작나무버섯이 여기저기 활활 타오르듯 돋아 있었다.

불라흐로 가는 시골길 위에 의사인 마홀트가 모는 작은 마차가 천천히 가고 있었다. 길은 완만하게 산 위쪽을 향해 나 있었는데 왼쪽에는 풀 베어낸 경작지와 아직도 수확 중인 감자밭이 펼쳐져 있었고, 오른쪽에는 거의 질식할 정도로 빽빽하게 늘어선 어린 전나무 숲이 촘촘한 줄기와 바싹 마른 가지들의 갈색 벽을 이루고 있었으며, 그 바닥에는 시들어 떨어진 전나무 잎들이 똑같이 갈색으로 마른 채 두툼하게 쌓여 있었다. 길은 마치 저 위에서 세계가 끝나기라도 하는 것처럼, 연한 청색의 가을 하늘을 향하여 그저 똑바로 뻗어 있었다.

의사는 고삐를 느슨하게 손에 쥔 채 늙은 말이 원하는 대로 가도록 내버려두고 있었다. 그는 죽음을 맞은 어느 부인에게 다녀온 참이었는데, 그녀는 더 이상 손쓸 도리가 없었음에도 불구하고 마지막 순간까지 끈질기게 살기 위해 발버둥쳤다. 그는 지친 채로 쾌적한 날의 이 고요한 여행을 즐기고 있었다. 그의 사고는 중단되어, 약간은 멍하게 아무런 의지도 없이 들판의 모닥불 내음으로부터 솟구치는 부름을 따라갔다. 학교 다니던 시절의 가을 방학에 대한 즐겁고도 아련한 기억이 떠오르고, 더 멀리 거슬러 올라가 울림이 풍부하지만 형태는 없는 희미한 유년 시절까지도 생각이 났다. 그것은 그가 시골에서 자라났기 때문이었다. 이제 그의 감각은 시골 풍경 속에 깃든 계절의 변화와 들일에서 느껴지는 정취를 익숙하고도 즐거이 좇고 있었다.

그는 거의 잠들 뻔했는데 마차가 서는 바람에 잠에서 깨고 말았다. 가느다란 도랑이 길을 가로막고 나 있었는데, 앞바퀴가 거기에 걸려버린 것이었다. 말은 고맙다는 듯 멈춰 서서 고개를 숙인 채 기다리며 휴식을 즐기고 있었다.

마홀트는 바퀴 소리가 갑자기 잠잠해지자 잠에서 깨어나

고삐를 움켜잡았다. 잠시 몽롱한 상태에 있던 그는 여전히 찬란한 햇빛 아래 있는 숲과 하늘을 바라보며 미소 짓고는, 친근하게 혀를 차면서 말을 몰아 계속 나아가도록 했다. 그러고 나서 그는 몸을 꼿꼿이 하여 앉았다. 그는 낮잠 자는 걸 좋아하지 않았던 것이다. 그는 여송연에 불을 붙였다. 마차는 천천히 앞으로 나아갔다. 들판 쪽에 기다란 줄을 이루며 쌓여 있는 불룩한 감자 자루들 뒤에서 차양 넓은 모자를 쓴 두 여자가 불쑥 일어서며 인사를 했다.

이제 고개가 가까워졌다. 말은 기운을 차렸고, 곧 이 익숙한 산등성이의 긴 내리막길을 가게 될 것을 잔뜩 기대하며 고개를 쳐들었다. 그때 멀지 않은 밝은 지평선에 언덕 저편으로부터 한 사람이 나타났다. 그는 여행자였는데 한순간 푸른 하늘빛에 온통 둘러싸인 채 자유롭게 우뚝 선 모습이더니, 아래로 걸어 내려오면서 회색빛이 되며 작아졌다. 그는 점점 가까워졌다. 짧은 수염을 기르고 허름한 옷을 입은 야윈 남자로, 분명 이 시골길을 잘 알고 있는 듯했다. 그는 지치고 피곤한 걸음걸이였지만 점잖게 모자를 벗더니 "안녕하시오." 하고 인사를 했다.

"안녕하시오." 의사 마홀트가 인사하고는 이미 지나쳐버린 그 낯선 사람을 바라보았다. 그러다가 갑자기 말을 정지시키더니, 그 자리에 멈춰 선 채 삐걱이는 가죽 지붕 위로 뒤쪽을 향해 외쳤다.

"여봐요, 당신 말입니다! 이쪽으로 한번 와보시죠!"

먼지투성이 여행자는 멈춰 서더니 돌아보았다. 그는 보일

듯 말 듯한 미소를 지어 보이고는 다시 돌아서서 그대로 가려는 듯했다. 그러나 다시 생각을 해보더니 순순히 되돌아왔다.

이제 그는 나지막한 마차 옆에 선 채, 모자를 손에 들고 있었다.

"어디로 가는지 물어봐도 되겠소?" 마홀트가 말했다.

"길을 따라 갑니다, 베르히톨트제크 쪽으로요."

"우리 서로 아는 사이 아니오? 다만 이름이 기억나지 않을 뿐인데. 내가 누구인지 당신은 혹시 알고 있소?"

"당신은 의사 선생 마홀트 씨처럼 보이는군요."

"그래요? 그럼 당신은요? 당신 이름은 뭐요?"

"의사 선생께서는 날 이미 잘 아실 텐데요. 우린 언젠가 플로허 선생 반에서 함께 공부했던 적이 있지요, 의사 선생. 그리고 당신은 그때 내 라틴어 예습을 베끼곤 했더랬죠."

마홀트는 재빨리 마차에서 내려와 그 사내의 눈을 들여다보았다. 그러고 나서 웃음을 터뜨리며 그의 어깨를 두드렸다.

"맞아!" 마홀트가 말했다. "그렇다면 자넨 그 유명한 크눌프로군. 우린 동창생이고 말이야. 어디 악수 한번 해보세, 이 친구야! 우리 서로 10년은 못 봤군. 그런데 아직도 여전히 방랑 중인가?"

"아직도 여전히 그렇다네. 나이가 들면 사람은 익숙한 일을 계속하는 법이니까."

"맞는 얘길세. 그런데 여행의 목적지는 어딘가? 고향엘 한번 더 가는 건가?"

"바로 맞혔네. 게르버자우로 가는 길이야. 거기서 처리해야 할 일이 좀 있거든."

"그래, 그렇군. 그런데 그곳에 누구 아는 사람이라도 아직 살고 있나?"

"이젠 아무도 없지."

"자네 그리 젊어 보이질 않는군, 크눌프. 우린 둘 다 이제 겨우 사십 대인데 말이야. 그리고 자네가 날 그냥 지나쳐 가버리려고 한 것은 옳지 않은 일이야. 그런데 말이지, 자네에겐 어쩌면 의사가 필요할지도 모른다는 생각이 드는군."

"아닐세. 내겐 아무 문제도 없네. 문제가 있다 해도, 그건 어떤 의사도 고칠 수 없는 것이지."

"그거야 두고 보면 알 걸세. 우선 마차에 올라타고 나와 함께 가세. 그럼 이야기를 나누기가 더 쉬울 테니."

크눌프는 약간 물러서더니 모자를 다시 썼다. 의사가 그를 도와 마차에 태우려 하자 그는 당황한 표정으로 만류하는 것이었다.

"아니, 무엇 때문에 그러나, 그럴 필요 없네. 우리가 여기 서서 얘기한다고 말이 도망가는 것도 아닐 텐데."

그러는 사이 그가 발작적으로 기침을 했고, 이미 상황을 파악한 의사는 즉시 그를 붙들어 마차에 앉혔다.

마차를 출발시키면서 의사가 말했다. "자, 곧 언덕 위에 이를 걸세. 그다음엔 길도 수월해지고 30분이면 집에 도착할 거야. 기침하면서 얘기를 계속할 필요 없네. 집에서 얘기하면 되니까. ……뭐라고? ……안 돼, 그건 지금 자네에게 전혀 도움이 되질 않아. 아픈 사람들은 침대에 누워 있어야지 시골길을 돌아다니는 게 아닐세. 자네 말이야, 예전에 라틴어 시간에 날 그토록 자주 도와주곤 했지 않나. 이젠 내가 한번 도울 차례 일세."

그들은 높은 언덕을 넘은 후, 날카로운 브레이크 소리와 함께 기다랗고 완만한 산등성이를 내려갔다. 맞은편에는 벌써 과일나무 위로 불라흐의 지붕들이 보였다. 마홀트는 고삐를 짧게 쥐고 조심스럽게 마차를 몰았고, 크눌프는 지친 채로 이 마차 여행과 친구의 강제적인 환대를 어느 정도는 편안한 마음으로 즐기고 있었다. 뼈마디가 지탱해 주기만 한다면 내일이라도, 늦어도 모레엔 다시 게르버자우를 향해 떠나야겠다고 그는 생각하고 있었다. 그는 더이상 세월을 허비하는 기운 넘치는 젊은이가 아니었다. 그는 병들고 나이 든 사람이었고, 그의 유일한 소원은 죽기 전에 고향을 한 번 더 보는 것이었다.

불라흐에서 그의 친구는 그를 우선 거실로 데려가 우유를 마시게 하고 햄을 얹은 빵을 먹게 했다. 그러면서 그들은 여러 가지 이야기를 나누었고 서서히 예전의 친밀함을 회복했다. 그리고 나서야 의사는 그에게 이것저것 자세하게 따져 물었는데, 환자는 그러한 심문에 온순하게 그러면서도 약간은 조롱 조로 응했다.

"자네에게 무슨 문제가 있는지 도대체 알고는 있나?" 진찰을 마치며 마홀트가 물었다. 그는 가벼운 어투로, 무게를 담지 않고 이 말을 했는데 크눌프는 그런 그에게 고마움을 느꼈다.

"그럼, 잘 알고 있네, 마홀트. 폐결핵이지. 오래갈 수 없다는 것도 알고 있네."

"에이, 그건 알 수 없지! 어쨌든 자네는 이제 침대에 누워 간호를 받아야 할 사람이란 점 역시 알아야 하네. 우선은 여기우리 집에 머물도록 하게. 그동안 나는 가까운 병원에 자리를알아볼 테니까. 자네 제정신이 아냐, 이 친구야. 이번에 이겨내려면 정신을 차려야만 해."

크눌프는 양복을 다시 입었다. 그는 야윈 잿빛 얼굴에 장난기를 담아 의사를 쳐다보며 친근하게 말했다. "자네가 고생이많네, 마훌트. 자네 생각대로 하게. 하지만 나에게 큰 기대를걸어서는 안 되네."

"그건 두고 볼 일이야. 정원에 아직 해가 비치고 있는 동안에는 햇빛 아래 앉아 있도록 하게. 리나가 자넬 위해 손님용침대를 준비해 둘 걸세. 우린 자넬 철저히 감시해야겠네, 크눌프. 평생을 햇빛과 공기 속에서 보낸 자네 같은 사람이 하필폐가 망가졌다는 것은 정말이지 말이 안 되는 일이야."

그 말과 함께 그는 나갔다.

가정부 리나는 그런 떠돌이 사내를 손님방에 들이는 것을내켜하지 않았고, 그 생각에 반대했다. 하지만 의사가 그녀의말을 가로막았다.

"알았으니 그만해 둬요, 리나. 저 친구는 오래 살지 못해요.우리 집에서 잠시 동안만이라도 편안하게 지내야 해요. 그건그렇고 저 친구는 항상 깔끔했어요. 그러니 잠자리에 들기 전에 그가 목욕을 할 수 있게 합시다. 내 잠옷 하나를 꺼내다 주고 겨울용 슬리퍼도 하나 가져다주는 게 좋겠어요. 그리고 잊어버리지 말아요, 그 사람은 내 친구예요."

종말   95

크눌프는 11시간을 자고 난 후, 안개 짙은 아침에 침대에 혼곤한 상태로 누워 있었는데, 자신이 누구네 집에 있는 것인지가 잠시 후에야 겨우 생각났다. 해가 뜨자 마홀트는 그가 일어나도 좋다고 허락했고, 식사를 마친 그들 두 사람은 붉은 포도주 한 잔을 마시며 햇빛 가득한 발코니에 앉아 있었다. 좋은 식사와 포도주로 원기를 회복한 크눌프는 말이 많아졌다. 의사 또한 이 독특한 학교 친구와 한 번 더 많은 이야기를 나누고 싶었고, 그의 예사롭지 않은 인생에 대해 어떤 이야기라도 들었으면 해서 한 시간을 휴식 시간으로 비워둔 터였다.

"그래, 자네는 자네가 살아온 삶에 만족하고 있나?" 마홀트가 미소 지으며 말했다. "그렇다면 정말 좋은 일이야. 만일 그렇지 않다면 자네 같은 친구에겐 정말 안타까운 일이라고 해야 할 걸세. 자네가 신부나 교사가 될 필요는 없었겠지만, 아마 자네 정도면 자연 연구가나 시인 정도는 되었을 걸세. 자네가 자네의 재능을 잘 이용하고 개발해 왔는지 어떤지는 내가 알 수 없네만, 자네는 그걸 자기 자신만을 위해 사용했어, 그렇지 않은가?"

크눌프는 수염이 듬성듬성 난 턱을 손바닥으로 받친 채, 포도주 잔 너머로 햇빛 가득한 식탁보 위에 아롱진 붉은 빛을 바라보았다.

"다 맞다곤 할 수 없는 얘기야." 그가 천천히 말했다. "자네가 말하는 재능이란 것이 그리 대단한 것은 아니야. 난 약간 멋들어지게 휘파람을 불 수 있고, 아코디언도 연주하고 때때로 시도 지을 수 있네. 예전에는 달리기도 잘했고 춤도 못 추는 편은 아니었지. 그게 전부야. 그러면서 나 혼자만 즐거웠던 건 아냐. 대개 친구들이나, 젊은 아가씨들 또는 아이들이 함께 있었고, 그들은 재미있어 하면서 때때로 내게 고마워하곤 했어. 그러니 그 점에 대해서는 그 정도로 만족해도 될 것 같네."

"좋아." 의사가 말했다. "그러지. 하지만 한 가지 더 물어볼게 있어. 자네는 그때 5학년까지 나와 같이 라틴어 학교를 다녔어. 난 지금도 정확히 기억해. 그리고 자넨 모범생은 아니었어도 좋은 학생이었지. 그런데 어느 날 갑자기 자네가 떠나버렸어. 그리고 사람들 말이 자네가 이제는 독일어 학교엘 다닌다는 거야. 그렇게 해서 우린 헤어진 거지. 라틴어 학교 학생인 내가 독일어 학교에 다니는 친구를 사귈 수는 없었으니까. 왜 그랬던 건가? 나중에 자네에 대한 이야기를 듣게 될 때마다 난 항상 이렇게 생각하곤 했어. 그때 자네가 우리 학교를 계속 다녔더라면 모든 게 분명히 달라졌을 거라고. 그래, 어떻게 된 일이었나? 싫증이 났던 건가, 아니면 자네 아버지가 학비를 내줄 수 없다고 하시던가, 아니면 다른 이유가 있었나?"

환자는 갈색의 야윈 손으로 잔을 집어 들었다. 그러나 마시지는 않고 포도주를 통해 정원의 녹색 빛을 바라볼 뿐, 다시 잔을 조심스럽게 탁자 위에 내려놓았다. 그러고는 침묵한 채로 두 눈을 감고 생각에 빠져드는 것이었다.

"그 얘기를 하는 게 불쾌한가?" 친구가 물었다. "그렇다면 꼭 얘기할 필요는 없네."

그러자 크눌프가 눈을 뜨더니 친구의 얼굴을 한참 동안 자세하게 들여다보았다.

종말

"아냐." 여전히 망설이며 그가 말했다. "꼭 얘기를 해야 할 것 같네. 왜냐하면 이제까지 누구에게도 그 얘길 하지 않았거든. 하지만 이제는 누군가가 그 이야기를 듣는 것도 좋을 것 같아. 물론 단순한 아이들 얘기일 뿐이지만 내게는 아주 중요한 일이었네. 몇 년을 두고 괴로워했지. 자네가 하필 그 얘길 묻다니 참 이상한 일이야!"

"왜지?"

"최근에 난 그 일에 대해 다시 많은 생각을 해야만 했거든. 또 바로 그 일 때문에 다시 게르버자우로 가고 있었던 거고."

"그랬군. 그럼 얘기해 보게."

"이보게, 마홀트. 우린 그때 좋은 친구였지. 적어도 3학년인가 4학년 때까지는 말이야. 그 이후엔 우리가 만나는 일도 뜸해졌어. 자넨 때때로 우리 집 앞에서 휘파람을 불기도 했지만 아무 소용이 없었지."

"세상에, 맞아, 그랬어! 그걸 잊은 지 20년도 넘었어. 자네, 정말 대단한 기억력을 가졌네! 그리고?"

"그게 어떻게 된 일이었는지 이젠 자네에게 말할 수 있네. 문제는 여자 때문이었네. 난 상당히 일찍부터 여자에 대해 호기심을 가졌어. 자네가 아직도 아기를 가져다준다는 황새와 아기를 건져 올릴 수 있다는 우물을 믿고 있을 때 난 벌써 남자와 여자가 어떤 특징을 가지고 있는지에 대해 상당히 많이 알고 있었어. 그것이 당시의 내 주요 관심사였기 때문에 난 친구들의 인디언 놀이에도 자주 끼지 않았지."

"그때 자넨 열두 살이었잖아, 안 그래?"

"거의 열세 살이었지. 난 자네보다 한 살이 더 많으니까. 언젠가 내가 아파서 누워 있을 때였는데, 나보다 서너살 많은 사촌 누나가 우리 집을 방문했었네. 그녀는 나와 함께 놀아주기 시작했지. 몸이 다 나아서 자리에서 일어난 후, 어느 날 밤 나는 누나의 방엘 갔었지. 그때 여자의 몸이 어떻게 생겼는지를 알게 됐어. 난 너무 놀라서 도망쳐 나왔어. 그 후로는 사촌 누나와 더 이상 한마디도 하고 싶지 않았어. 난 그녀가 싫어졌고 두려워졌어. 하지만 그 일은 정말이지 내 머릿속을 떠나지 않았어. 그 뒤로 나는 한동안 여자애들만 따라다녔어. 무두장이 하지스에게는 내 나이 또래의 딸이 둘 있었거든. 그리고 이웃집의 다른 여자애들도 놀러 오곤 했지. 우린 어두컴컴한 다락 창고에서 숨바꼭질을 하면서 연신 킥킥거리고 간지럼을 태우고 은밀한 장난을 하곤 했어. 대개 내가 거기 모인 애들 중에 유일한 사내아이였어. 가끔 난 여자애의 머리를 땋아주기도 하고, 어떤 때는 여자애의 키스를 받기도 했지. 우린 모두 아직 어렸고 제대로 알고 있지는 못했지만 언제나 사랑의 감정이 가득하곤 했다네. 그 애들이 목욕할 때면 나는 덤불에 숨어서 지켜보곤 했지. 그런데 어느 날 새로운 여자애가 나타났어. 변두리에 살았는데 그 애 아버지는 직조공이었어. 그 애 이름은 프란치스카였고, 난 그 앨 처음 보자마자 그 애를 좋아하게 됐어."

의사가 그의 말을 중단시켰다. "그녀 아버지 이름이 뭐지? 그녀를 알 것도 같은데."

"미안하네, 그건 자네에게 얘기하지 않는 게 나을 것 같아,

마홀트. 이 이야기하고는 상관없는 거니까. 그리고 누군가가 그녀에 대해 알게 되는 것도 원치 않네. 계속하지! 그녀는 나보다 크고 힘도 셌어. 우린 때때로 서로 다투고 치고받고 싸우기도 했지. 그럴 때 그녀가 아플 정도로 세게 자기 몸으로 날 밀어붙이면 난 취하기라도 한 것처럼 어지럽고 기분이 좋았어. 난 그녀를 사랑하게 됐지. 그런데 그녀는 나보다 두 살이 많았고 이제 곧 애인을 사귈 생각이라고 말하곤 했기 때문에, 나의 유일한 소원이란 내가 그 애인이 되었으면 하는 것뿐이었어. ……어느 날 그 애 혼자서 강가의 무두질 작업장에 앉아 물속에 발을 담그고 있었어. 그 애는 목욕을 하고 난 참이라 짧은 내의만 입고 있었지. 난 다가가 그녀 곁에 앉았어. 갑자기 용기가 생긴 나는 내가 그녀의 애인이 되고 싶고, 꼭 그래야만 한다고 말했지. 하지만 그녀는 갈색 눈으로 동정하듯 나를 바라보더니 이렇게 말하는 것이었어. '넌 아직 어린애야, 반바지나 입고 다니는. 네가 애인이나 사랑에 대해 도대체 뭘 알기나 하니?' 안다고 나는 말했지. 다 알고 있다고. 그리고 만약 그녀가 내 애인이 되지 않겠다면 난 그녀를 물속에 빠뜨리고 나도 함께 빠져버리겠다고 말했어. 그랬더니 그녀는 날 주의 깊게 바라보았어, 여인의 눈길로 말이야. 그러곤 이렇게 말했어. '그럼 한번 볼까. 너 키스는 할 줄 아니?' 난 그렇다고 말하고 재빨리 그녀의 입술에 키스했어. 그리고 이 정도면 됐겠지 생각을 하고 있었어. 하지만 그녀는 내 머리를 잡아 힘껏 붙들더니 성숙한 여인이 하듯 제대로 키스를 해주는 것이었어. 난 아무것도 들리지 않고 보이지도 않을 정도였지. 그러고 나서 그녀는 낮은 목소리로 웃더니 이렇게 말했어. '넌 나랑 잘 맞을 것 같다, 얘야. 하지만 안 되겠어. 난 라틴어 학교에 다니는 애인은 필요 없거든. 거긴 제대로 된 인간이 없단 말이야. 난 반드시 괜찮은 남자를 애인으로 삼을 거야, 기술자나 노동자 말이야. 대학생은 필요 없어. 그러니 안 되겠는걸.' 그러면서도 그녀는 나를 자신의 무릎 위로 끌어당겨 단단하고 따뜻한 품속에 안아주었기 때문에, 난 너무도 황홀하고 좋아서 그녀를 떠난다는 생각 같은 건 도저히 할 수가 없었어. 그래서 난 결코 라틴어 학교에 다니지 않을 것이며 기술자가 되겠다고 프란치스카에게 약속을 했지. 그녀는 웃기만 했어. 하지만 내가 계속 물러서지 않으니까 마침내 그녀는 내게 다시 키스해 주면서 약속했지. 내가 더 이상 라틴어 학교를 다니지 않는다면 내 애인이 되어주겠다고, 그러면 자기와 재밌게 지내게 될 거라고 말이야."

크눌프는 이야기를 멈추고 잠시 기침을 했다. 그의 친구는 그 모습을 유심히 바라보고 있었다. 두 사람은 한동안 침묵하였다. 그러고 나서 그가 이야기를 이어나갔다. "자, 이젠 어떻게 된 얘긴지 알겠지. 물론 내가 생각했던 것처럼 일이 빠르게 진행되지는 않았어. 내가 이제는 더 이상 라틴어 학교에 다니고 싶지 않고 다닐 수도 없다고 말씀드렸더니 아버지는 내 뺨을 몇 대 때리시더군. 난 당장 어떻게 해야 할지 알 수가 없었어. 종종 난 학교에 불을 질러버리고 싶다는 생각을 하곤 했지. 아이다운 생각이었어, 하지만 난 정말이지 진지했다네. 마침내 내게 유일한 탈출구가 떠올랐어. 내가 한 일은 그저 학교에서 더 이상 제대로 행동하지 않는 거였어. 자네 몰랐지?"

"맞아, 이제야 다시 기억이 나는군. 자넨 한동안 거의 날마다 학교에 남아 벌을 받았지."

"그래. 난 수업을 빼먹고 엉터리 대답을 하곤 했네. 숙제도 안 하고 노트는 잃어버리고, 날마다 무슨 일인가를 저질렀는데 나중에는 거기서 재미를 느끼게까지 되더군. 어쨌든 그때 선생님들을 무척 괴롭혔던 셈이지. 라틴어고 뭐고 간에 당시의 내겐 결국 특별히 중요할 게 하나도 없었다네. 자네도 알다시피, 난 언제나 예민한 감각을 가지고 있었고, 무언가 새로운 것에 열중하게 되면 한동안은 이 세상에 다른 것은 아무것도 존재하지 않았지. 체조를 할 때도 그랬고, 그다음에 송어 잡이를 할 때, 그리고 식물학을 공부할 때 그랬지. 바로 그 당시에는 여자 문제가 그랬어. 거기서 따끔한 맛을 보고 직접 체험을 얻게 되기 전까지 다른 건 하나도 중요하게 생각하지 않았지. 사실 전날 저녁에 여자애들이 목욕할 때 훔쳐본 것을 은밀하게 떠올리느라 정신없는 사람이, 학생이라고 의자 위에 웅크리고 앉아 동사변화를 연습하고 있다는 것 자체가 우스운 일 아니겠나. 어쨌든, 각설하고! 선생님들은 그걸 눈치채셨던 것 같아. 대부분 날 귀여워하셨고 가능한 한 날 보호해 주셨거든. 그랬으니 내 계획이 수포로 돌아갈 뻔했지. 하지만 이제 난 프란치스카의 남동생과 어울리기 시작했네. 그는 독일어 학교의 졸업반이었는데 형편없는 녀석이었지. 난 그 녀석한테서 많은 걸 배웠지만 좋은 건 하나도 없었어. 그 녀석한테 시달림도 많이 당했지. 반년이 지나자 내 목표가 드디어 이루어졌지. 아버지는 날 반죽음이 되도록 패셨어. 하지만 난 학교에서 쫓겨나 드디어 프란치스카의 동생과 같은 독일어 학교를 다니게 되었던 거지."

"그녀는? 그 여자앤 어떻게 됐어?" 마홀트가 물었다.

"응, 그게 정말 비참한 꼴이 되고 말았어. 그녀는 내 애인이 되지 않았거든. 내가 가끔씩 그녀의 동생과 집에 들르게 되면서, 그녀는 내가 전보다 더 별 볼일 없다는 듯 더 냉담하게 대하는 거였어. 내가 독일어 학교를 두 달 정도 다니고 나서 가끔씩 밤에 몰래 집을 빠져나오는 버릇을 갖게 되었을 무렵에야 비로소 난 진실을 알게 됐지. 어느 날 밤늦게 나는 리더 숲을 배회하고 있었어. 이미 여러 번 그래 왔던 것처럼 벤치 위의 어느 연인이 내는 소리를 엿듣게 됐지. 마침내 내가 좀 더 가까이 다가가 보니 그건 프란치스카와 어느 기계 기능공이더군. 그들은 내겐 전혀 신경쓰지 않았어. 그는 그녀의 목에 팔을 두른 채 손에는 담배를 들고 있었고, 그녀의 블라우스는 벌어져 있었어. 한마디로 흉측하더군. 그렇게 해서 모든 게 허사가 되어버린 거지."

마홀트는 친구의 어깨를 두드렸다.

"이봐, 어쩌면 그게 자네를 위해 최선이었는지도 몰라."

그러나 크눌프는 고개를 세차게 가로저었다.

"아냐, 절대 그렇지 않네. 만일 그때의 상황이 달라질 수만 있다면 나는 지금이라도 내 오른손을 내놓겠네. 프란치스카에 대해 아무 말도 말게. 그녀에 대한 험담은 하고 싶지 않네. 그때 잘되었더라면 난 아름답고 행복한 방식으로 사랑을 깨달게 되었을 테고, 그랬더라면 그 덕에 독일어 학교도 잘 다니고 아버지와 좋은 관계를 유지할 수 있었을지도 모를 일이니까. 왜냐하면 말일세, 글쎄 뭐라고 얘기해야 좋을까? 그래, 그때 이후로 난 많은 친구와 친지, 동료와 사랑까지도 얻게 되었지만, 더 이상 사람의 약속을 믿지 않게 되었기 때문이지. 난 약속을 가지고 자신을 구속하는 일도 하지 않았네. 전혀 안 했지. 난 내게 맞는 삶을 살아왔네. 그래서 자유와 아름다움을 실컷 맛보았지만 그러면서도 난 언제나 혼자였네.”

그는 잔을 쥐더니 마지막 남은 한 모금의 포도주를 조심스럽게 마시고 일어섰다.

“괜찮다면 난 다시 누워야겠네. 그 얘긴 더 이상 하고 싶지 않군. 자네도 분명 할 일이 더 있을 테고.”

의사는 고개를 끄덕였다.

“이봐, 잠깐만! 오늘 자넬 위해 병원에 자리 하나를 신청할 생각이야. 자네에게 어울리는 일은 아니겠지만 다른 방도가 없어. 빨리 간호를 받지 않으면 자넨 아주 망가지고 말걸세.”

“말도 안 돼.” 크눌프가 이상할 정도로 격한 목소리로 말했다. “그냥 망가지도록 내버려둬! 그런 일이 더 이상 아무 소용없다는 걸 자네도 잘 알고 있잖나. 왜 내가 지금 갇혀 있어야 한다는 거지?”

“그러지 말게, 크눌프. 제발 이성을 찾게나! 자네가 계속 이렇게 돌아다니도록 내버려둔다면 난 아주 형편없는 의사일 거야. 오버슈테텐에 분명 자리가 있을걸세. 그리고 내 편지도 한 통 함께 가져가게나. 일주일 후에 내가 직접 가서 자넬 살펴보겠네. 약속하지."

떠돌이 사내는 자기 자리에 다시 주저앉았다. 그는 거의 울 것처럼 보였고, 추위를 몹시 타는 사람처럼 야윈 두 손을 맞잡은 채 비벼대고 있었다. 그러더니 그는 애원하듯 어린애 같은 표정으로 의사의 눈을 바라보았다.

"그렇다면 말일세," 그는 아주 낮은 목소리로 말했다. "내가 이러는 것은 옳지 않은 일이겠지, 자넨 날 위해 그토록 많은 걸 해줬는데 말이야. 붉은 포도주까지 대접해 주고. 모든 게 과분할 만큼 편안하고 고급스러웠어. 내게 화내지 말게나, 자네에게 큰 부탁이 하나 더 남아 있네."

마홀트는 안심시키듯 그의 어깨를 두드렸다.

"기운 내게, 이 친구야! 자넬 추궁할 사람 아무도 없으니까. 그래, 부탁이란 게 뭔가?"

"내게 화내지 않을 거지?"

"절대 안 낼게. 화낼 이유가 없잖아?"

"그렇다면 부탁하겠네, 마홀트. 날 위해 꼭 그렇게 해줘야 하네. 날 오버슈테텐으로 보내지 말아줘! 내가 꼭 그런 병원에 가야 하는 거라면, 그렇다면 게르버자우여야 해. 그곳엔 날 아는 사람들이 있고, 또한 그곳이 내 고향이니까. 어쩌면 빈민구제를 받으려고 해도 그게 나을 거야. 내가 거기 출생이니까 말이야, 게다가……."

그의 눈은 열렬하게 간청하고 있었고, 그는 흥분하여 거의 말을 잇지 못했다.

'열이 있군.' 마홀트는 생각했다. 그가 조용히 말했다. "자네 부탁이 그게 전부라면, 그건 곧 해결될 거야. 자네 생각이 정말 옳아, 게르버자우에 편지를 쓰겠네. 이제 가서 좀 눕게나. 자넨 지쳐 있고 얘길 너무 많이 했어."

의사는 그가 몸을 질질 끌며 집 안으로 들어가는 모습을 바라보다가 불현듯 크눌프가 자기에게 송어 잡는 법을 가르쳐 주던 여름과 그가 친구들을 대하던 영리하고 위엄 있는 태도, 그리고 열두 살짜리 씩씩한 소년의 귀여운 열정을 떠올리지 않을 수 없었다.

"불쌍한 친구." 감동으로 마음이 혼란스러워짐을 느끼며 그는 생각했다. 그러고는 재빨리 일어나 일하러 갔다.

이튿날 아침엔 안개가 짙었다. 크눌프는 하루 종일 침대에 누워 있었다. 의사는 몇 권의 책을 가져다 놓았지만 그는 거의 손도 대지 않았다. 그는 불쾌하고 답답했다. 왜냐하면 세심한 간호를 받으며 편안한 침대에서 좋은 음식을 누리게 되면서, 자신의 종말이 다가오고 있다는 것을 이전보다도 더욱 분명하게 느끼게 된 때문이었다.

계속 이렇게 누워 있으면 난 더 이상 못 일어나게 될 거야, 그는 언짢은 기분으로 생각했다. 그에게 삶은 더 이상 중요하지 않았고, 시골길 또한 지난 몇 년 동안 그 매력을 많이 잃어버렸다. 하지만 그는 게르버자우를 다시 한 번 보고, 그곳에서 강과 다리들, 광장, 예전에 아버지의 소유였던 정원, 그리고 또 저 프란치스카까지, 그 모두에게 은밀한 작별을 고하기 전에는 죽고 싶지 않았다. 그가 이후에 경험한 사랑들은 모두 망각 속으로 사라졌다. 그뿐 아니라 그의 오랜 방랑 생활 역시 이제는 초라하고 별거 아닌 것처럼 생각되었다. 그에 반해 어린 시절의 신비로운 시간은 새롭게 광채와 매력을 발하는 것이었다.

그는 단순한 구조의 손님방을 주의 깊게 관찰했다. 몇 년 동안 그는 이렇게 화려한 곳에서 묵어본 일이 없었다. 그는 침대 시트와 물들이지 않은 부드러운 담요, 섬세한 베갯잇 등을 엄격한 시선으로 꼼꼼히 살펴보기도 하고 손끝으로 직접 만져보기도 했다. 단단한 목재 마룻바닥도, 그리고 유리 모자이크 액자에 담아 벽에 걸어둔 베네치아 총독 관저의 사진도 관심을 가지고 바라보았다.

그러고 나서 그는 눈을 뜬 채로 다시 오랫동안 누워 있었다. 그러나 아무것도 바라보지는 않았고, 지친 채로 자신의 병든 몸속에서 조용히 진행되고 있는 일에만 주의를 기울였다. 그러다가 갑자기 다시 일어난 그는 재빨리 침대 아래로 몸을 굽혀 급한 손짓으로 자신의 장화를 집어올렸다. 그러고는 그 것을 꼼꼼하게 전문가 같은 태도로 살펴보았다. 장화는 더 이상 양호한 상태가 아니었다. 하지만 때는 10월이었으므로 첫눈이 올 때까지는 견뎌낼 듯했다. 그 후에는 어차피 모든 게 끝날 터였다. 마홀트에게 낡은 신발 한 켤레를 얻는 게 어떨까 하는 생각이 떠올랐다. 하지만 안 될 일이었다. 그러면 그는 의심만 하게 될 것이다. 병원에선 신발이 필요하지 않으니까. 그는 조심스럽게 구두 윗가죽이 해진 부분을 손으로 쓰다듬어 보았다. 기름을 잘 발라주면 적어도 한 달은 더 버틸 수 있을 터였다. 이런 걱정은 기우에 불과한 것이었다. 어쩌면 이 낡은 신발이 그보다 더 오래 살아남아, 크눌프가 이미 시골길에서 사라져버린 뒤에도 계속 사용될지 모를 일이었다.

그는 장화를 내려놓고 나서 깊이 숨을 쉬어보려 했다. 하지만 고통이 밀려오면서 기침이 시작되었다. 그래서 그는 기침이 멎기를 기다리며 자리에 누운 채 짧게 호흡했다. 그는 자신의 마지막 소원을 이루기도 전에 상태가 악화되지나 않을까 두려워졌다.

그는 가끔씩 그래 왔듯이 죽음에 대해 생각해 보려고 했다. 하지만 곧 머릿속이 피로해지면서 얕은 잠에 빠져들었다. 한 시간 후에 깨어난 그는 하루 종일 잔 듯한 느낌이 들었고 기분이 맑아지고 편안해졌다. 그는 마홀트를 생각했다. 그리고 자신이 떠날 때, 그에 대한 고마움의 표시를 남겨야겠다는 생각이 들었다. 크눌프는 자신의 시 중에서 한 편을 그에게 적어 주고 싶었다. 의사가 어제 그에게 시에 대해 묻기도 했기에. 하지만 완전하게 기억나는 시가 한 편도 없는 데다가, 어느 것도 마음에 들지 않았다. 그는 시상이 떠오를 때까지 창문을 통해 근처 숲에서 안개가 피어오르는 모양을 오랫동안 바라보았다. 어제 집 안에서 찾아내 가져다 둔 몽당연필로 그는 침대 옆 탁자 서랍에 깔려 있던 깨끗한 흰 종이 위에 몇 줄의 시를 적었다.

꽃들은 모두
안개 자욱해지면

시들어야 하는 운명,

인간 또한

죽어야만 하리니,

무덤 속에 눕혀지리.

인간 또한 꽃과 같아,

봄이 오면

그들은 모두 다시 돌아오리라,

그때는 더 이상 아프지 않으리,

또한 모든 것 용서받으리.

그는 잠시 멈추고, 자신이 쓴 것을 읽어보았다. 제대로 된 시는 아니었다. 운율이 맞지 않았다. 하지만 그가 말하고 싶었던 내용은 다 들어 있었다. 그는 연필을 입술에 적신 후 그 아래쪽에 이렇게 적었다. '고귀한 마홀트 의사 선생님께, 감사하며 친구 K가.'

그러고 나서 그는 그 종이를 작은 서랍 안에 넣어두었다.

다음 날이 되자 안개는 더욱 짙어졌다. 그러나 공기가 몹시 차가웠고, 해는 점심때에나 볼 수 있을 듯했다. 크눌프가 간절히 원했기 때문에 의사는 그가 일어나는 걸 허락했다. 그리고 게르버자우의 병원에 자리가 있으며 지금 그곳에서는 그를 기다리고 있다고 얘기해 주었다.

"그렇다면 점심 식사 후에 곧장 출발하겠네." 크눌프가 말했다. "4시간이면 될 거야, 아니면 5시간이나."

"쓸데없는 소리!" 마홀트가 웃으면서 외쳤다. "이제 자넨 걸어 다녀선 안 돼. 다른 방법을 찾지 못하게 될 경우엔 나와 함께 마차를 타고 가세. 이장에게 사람을 한번 보내봤네. 어쩌면 그 사람이 과일이나 감자를 싣고 시내로 갈지도 모르거든. 하루쯤 늦어도 상관없지 않겠나."

크눌프는 그렇게 하기로 했다. 그리고 이장의 하인이 다음 날 두 마리의 송아지를 싣고 게르버자우로 간다는 소식이 전해지자, 크눌프가 그와 함께 가기로 결정되었다.

"좀 더 따뜻한 윗옷이 필요할 거야." 마홀트가 말했다. "내 옷 하나를 입으면 어떻겠나? 너무 헐렁할 것 같은가?"

크눌프는 반대하지 않았다. 그리하여 저고리 하나를 가져다가 그에게 입혀봤는데 잘 어울렸다. 그 옷은 좋은 천으로 만들어졌고 잘 보관된 것이었는데, 크눌프는 어린애 같은 허영심이 다시 발동하여 즉시 단추를 바꾸어 달기 시작했다. 의사는 재미있어 하면서 그를 내버려두었고 그에게 셔츠 깃 하나를 더 주었다.

오후에 크눌프는 아무도 모르게 새 옷을 입어보았다. 이제는 자신이 다시 멋져 보였기 때문에 크눌프는 최근에 더 이상 면도를 하지 않았던 게 애석하게 여겨지기 시작했다. 가정부에게 의사의 면도기를 빌리는 일은 감히 할 수가 없었다. 하지만 그는 마을의 대장장이를 알고 있었으므로 그에게서 한번 빌려보리라 생각했다.

곧 그는 대장간을 찾아갔다. 작업장 안으로 들어가면서 그는 오래된 수공업자식 인사를 했다. "낯선 대장장이가 일자리를 구하러 왔습니다."

대장장이는 그를 차가운 눈으로 찬찬히 살폈다.

"자네는 대장장이가 아냐." 그가 냉정하게 말했다. "그런 거짓말은 다른 사람에게나 하는 게 좋을걸."

"맞아." 떠돌이 사내가 웃음을 터뜨렸다. "자넨 아직도 눈이 좋군그래, 장인 양반. 그런데도 날 알아보지 못하다니. 이보게, 난 전에 악사였고, 자넨 토요일 저녁에 하이터바흐에서 여러 번 내 아코디언 연주에 맞추어 춤을 추었지."

대장장이는 눈살을 찌푸린 채 줄질을 몇 번 더 계속하더니, 크눌프를 밝은 쪽으로 데리고 나와 자세히 살펴보는 것이었다.

"그래, 이제 알겠어." 그가 짧게 웃었다. "그러니까 자넨 크눌프로군. 오랫동안 못 보았더니 정말 늙었구먼. 불라흐에서 뭘 하려는 거지? 10페니히 동전 하나와 과일주 한 잔 정도라면 줄 수 있네만."

"고맙군그래, 대장장이 친구. 그건 받은 것으로 해두지. 하지만 내가 원하는 건 다른 걸세. 자네의 면도날을 15분간만 내게 빌려줄 수 있겠나, 오늘 저녁에 춤추러 갈 생각이거든."

대장장이는 집게손가락을 들어 그를 위협했다.

"이런 늙어빠진 거짓말쟁이 같으니라고. 자네 모습을 보아하니 춤 같은 걸 출 형편이 아닌데."

크눌프는 재미있다는 듯 킥킥거렸다.

"자넨 정말 다 아는군! 자네 같은 사람이 공무원이 안 됐으니 유감이야. 그래, 난 내일 병원에 입원해야 해, 마훌트가 날 그리로 보내는 거지. 그러니 그곳에 지저분한 몰골로 가고 싶지 않을 거란 걸 이해하겠지. 칼을 좀 주게, 30분 후면 돌려줄 테니."

"그래? 그런데 칼을 가지고 도대체 어디로 가겠다는 건가?"

"의사 선생네로. 거기서 묵고 있네. 자, 빌려줄 거지?"

대장장이는 그 말이 썩 믿기지 않는 눈치였다. 그는 계속 의심하고 있었다.

"빌려주긴 하겠네. 하지만 이건 그저 평범한 칼이 아니라는 걸 알아두게. 이건 진짜 '졸링겐 면도날'이야. 꼭 돌려줘야 하네."

"믿어도 돼."

"그래, 믿지. 그런데 자네 좋은 옷을 입고 있군, 친구. 면도하는 데는 그 옷이 필요 없을 거야. 이렇게 하기로 하세. 그 옷을 벗어서 여기 두고 가는 거야. 면도날을 다시 가지고 오면 자네도 그 옷을 돌려받게 되는 거지."

떠돌이 사내는 얼굴을 찡그렸다.

"그래, 좋아. 자네 아주 점잖지는 못하군그래, 대장장이 친구. 어쨌든 자네 좋을 대로 하게."

그러자 대장장이는 칼을 가져왔고, 크눌프는 담보로 윗옷을 맡겼다. 하지만 그을음으로 지저분한 대장장이가 그 옷을 만지지는 못하게 했다. 30분 후에 그는 다시 와서 '졸링겐 칼'을 되돌려주었다. 이제 텁수룩하던 그의 턱수염은 깎여 없어졌고, 그는 완전히 다른 사람처럼 보였다.

"이제 카네이션 한 송이만 귀 뒤에 꽂으면 장가를 들어도 되겠는걸." 대장장이가 매우 감탄하며 말했다.

그러나 크눌프는 더 이상 농담할 기분이 아니었다. 그는 자

신의 옷을 다시 입고 간단히 고맙다고 말하고는 그곳을 나
왔다.

돌아오는 길에 그는 집 앞에서 의사를 만났다. 그는 놀라서
크눌프를 잡아 세웠다.

"도대체 어딜 돌아다니는 거야? 그런데, 자네 모습이 이게
뭔가! 아하, 면도를 했군! 세상에, 자넨 아직도 철부지로군!"

그러면서도 그는 마음에 들어 했다. 크눌프는 그날 저녁에
도 붉은 포도주를 대접받았다. 두 동창생은 이별을 기념하였
다. 그들은 가능한 대로 쾌활하게 행동했고 불안감 같은 것은
전혀 내색하지 않으려 했다.

아침 일찍 이장의 하인이 마차를 끌고 집 앞까지 왔다. 마
차 위의 격자 칸막이 안에는 두 마리의 송아지가 무릎을 떨
며 선 채 차가운 아침 풍경을 뚫어지게 응시하고 있었다. 초원
위에 첫서리가 내렸다. 크눌프는 마부석 위 하인 옆자리에 앉
았고, 무릎에는 덮개를 덮었다. 의사는 그와 악수하고 마부에
게 반 마르크를 주었다. 마차는 덜거덕거리며 출발하여 숲을
향해 갔다. 그동안 하인은 파이프에 불을 붙였고 크눌프는 잠
에 취한 눈을 깜박이며 담청색으로 밝아오는 차가운 아침을
바라보고 있었다.

그러나 조금 후에는 해가 떠올랐고, 낮이 되자 날씨가 매우
따뜻해졌다. 마부석 위의 두 사람은 아주 재미있게 이야기를
나눴고, 게르버자우에 도착하자 그 하인은 송아지들을 태운
채로 길을 우회해 마차로 병원까지 데려다 주겠다고 고집했다.
그러나 크눌프가 곧 그를 만류하였고, 그들은 시내로 들어가

는 입구에서 다정하게 헤어졌다. 크눌프는 그 자리에 선 채 마차가 가축 시장의 단풍나무 아래로 사라질 때까지 그 뒷모습을 바라보았다.

그는 미소 지으며 정원들 사이로 난 울타리 길로 접어들었다. 그 길은 이 고장 사람들만 아는 길이었다. 그는 다시 자유로운 몸이 된 것이다! 병원에서 사람들이 그를 기다리든 말든 상관할 바가 아니었다.

귀향자는 고향의 빛과 향기, 소음과 냄새를 다시 한 번 만끽하였고, 고향에 와 있음으로 해서 느끼게 되는 아주 흥분되고 만족스러운 친밀감을 즐기고 있었다. 가축 시장에서 농부들과 시민들이 벌이는 소란, 양지바른 곳에 서 있는 갈색 밤나무의 그림자, 어두운 빛깔의 가을 나비들이 뒤늦게 시내 담벼락에서 벌이는 장례 비행, 시장의 분수대가 사방으로 물을 뿜어대며 내는 소리, 양조업자의 아치형 창고 입구로부터 풍겨오는 포도주 향기와 그곳에서 들리는 둔탁하고 서툰 망치질 소리, 그리고 친숙한 거리의 이름들. 그 이름 하나하나는 또다시 떠들썩한 여러 가지 기억들과 금세 연결되곤 했다. 고향을 떠나 유랑해 온 사내는 이제 집에 돌아와 있다는 것, 모든 길모퉁이와 연석들까지도 익숙하다는 사실이 불러일으키는 다양한 마력을 온 감각으로 조금씩 맛보고 있었다. 그는 오후 내내 어슬렁거리며 지치지도 않고 거리 구석구석을 돌아다녔다. 강가에서 칼 연마공이 일하는 걸 보기도 하고, 작업장의 창문을 통해 선반공의 모습을 지켜보기도 하고, 잘 아는 집의 친숙한 이름들이 새로 칠한 문패 위에 쓰인 것을 읽기도 했다. 그는 시장 분수대의 돌로 만든 수조에 손을 담가봤다. 그러고 나서 자신의 갈증은 아래쪽의 작은 수도원 분수로 가서야 해결했다. 그 분수는 예전과 마찬가지로 아주 오래된 건물의 일층에서 은밀하게 솟아나서는, 그 방의 기이할 정도로 선명한 어둠 속에서 석판 사이를 졸졸거리며 흘렀다. 그는 강가에 오래도록 선 채 흘러가는 물 위의 목재 난간에 몸을 기대고 있었다. 물속에선 어두운색 해초가 기다란 이파리를 너풀거리고 있었고, 물고기들은 흔들거리는 조약돌들 위로 거무스름하고 가느다란 등을 보이며 고요하게 떠 있었다. 크눌프는 오래된 널빤지 다리 위로 올라가 가운데쯤에서 무릎을 꿇고 앉았다. 어릴 때 그랬던 것처럼 다리의 미세하고도 탄력 있는 반동을 몸으로 직접 느껴보기 위해서였다.

그는 서두르지 않고 산책을 계속했으며, 좁은 잔디밭이 딸린 교회의 보리수나무도, 전에 자신이 즐겨 목욕하던 상류의 물레방아 옆 제방도, 어느 것 하나 빠뜨리지 않고 찾아보았다. 그는 예전에 자신의 아버지가 살았던 작은 집 앞에 멈춰 서서 잠시 옛집의 문에 정겹게 등을 기댔다. 정원 쪽으로도 가서 멋없는 새 철망 울타리 너머로 새로 심긴 나무들을 들여다보았다. 하지만 빗물 때문에 뭉툭해진 돌계단과 문 옆의 둥그스름하고 우람한 모과나무는 예전 그대로였다. 아직 라틴어학교에서 쫓겨나기 전이었을 때 크눌프는 이곳에서 가장 행복한 시절을 보냈더랬다. 이곳에서 그는 한때 완전한 행복과 부족함 없는 충만함, 고뇌를 모르는 경건함을 경험했다. 여름이 되면 버찌를 훔쳐먹는 즐거움이 있었고, 비록 오래 계속되지는 못했지만 정원사가 되어 자신의 꽃들을 관찰하며 돌보는 행복에 깊이 빠져든 때도 있었다. 사랑스러운 계란풀, 재미있는 메꽃, 부드러운 벨벳 같은 팬지꽃, 토끼집과 작업장, 연 만들기, 라일락의 줄기 심으로 만든 수도관, 그리고 실감개에 널빤지로 날개를 달아 만든 물레방아가 모두 그의 소유였다. 그는 어느 집 지붕 위의 고양이든 다 알고 있었고, 모든 정원의 과실을 맛보았으며 모든 나무에 올라가 그 꼭대기에 초록빛 꿈의 둥지를 지었더랬다. 이 작은 세계는 그의 것이었고, 그가 깊은 친밀감을 가지고 속속들이 알고 사랑했던 세계였다. 이곳에서는 모든 관목과 모든 정원이 중요한 의미와 가치를 지녔고 자신만의 이야기를 품고 있었으며, 내리는 빗줄기와 눈송이도 그에게 말을 걸었다. 이 세계에서는 공기와 대지가 그의 꿈과 희망 속에서 살았고, 그 꿈과 희망에 응답하고 그 삶을 함께 호흡했었다. 크눌프는 생각했다. 아마 아직까지도 여전히 이 근방에서는 자신보다 이 모든 것들을 더 깊이 소유해 본 집주인이나 정원 주인이 없을 것이라고. 그 모든 것이 크눌프에게는 그 누구에게보다도 더욱 값진 것이었고, 더 많이 말하고 더 많이 대답했으며, 더 많은 기억들을 일깨워주었던 것이다.

주위의 지붕들 사이로 한 좁다란 집의 합각지붕이 뾰족하게 높이 솟아 있었다. 예전에 그 집에 무두장이 하지스가 살았다. 거기서 크눌프는 처음으로 여자애들과 은밀한 만남을 갖고 다정하게 몸을 부딪치며 놀았고, 그러면서 아이들 놀이와 유년기의 행복과는 작별을 고하고 말았다. 밤이면 사랑의 환락에 대한 예감이 싹터 오는 것을 느끼며 어두워진 거리를 지나 집으로 돌아온 것이 여러 번이었으며, 그곳에서 무두장이 딸들의 땋은 머리를 풀어주기도 하고 아름다운 프란치스카의 키스를 받고 비틀거리기도 했던 것이다. 그는 나중에 저녁에든지, 아니면 내일이라도 그곳에 가볼 생각이었다. 그러나 지금은 그 기억들의 유혹이 그다지 강하지 못했다. 그 이전의 유년기에 경험했던 단 한 시간을 기억해낼 수 있다면 그곳에서의 모든 기억을 기꺼이 희생할 수도 있을 것 같았다.

한 시간이 넘도록 그는 정원 울타리 곁에 머물면서 그 안을 들여다보았다. 지금 그가 보고 있는 것은 딸기 덤불이 새로 심어져 있을 뿐, 벌써부터 아주 황량한 가을 분위기가 느껴지는 새롭고 낯선 정원이 아니었다. 그는 자기 아버지의 정원을 보고 있었다. 작은 화단에 심어진 그의 어린 시절의 꽃들, 부활절 주일에 심은 앵초와 유리알 같은 봉선화, 그리고 그가 수도 없이 도마뱀을 잡아다가 놓아두곤 했던 작은 돌무더기들을 보고 있는 것이었다. 불행히도 도마뱀들은 한 마리도 거기 그대로 머물며 그의 가축이 되려 하지 않았다. 그럼에도 불구하고 새로운 놈을 잡아 올 때마다 그는 매번 얼마나 기대와 희망에 차곤 했던가. 오늘 그에게 이 세상의 모든 집들과 정원들, 모든 꽃들과 도마뱀들, 그리고 새들을 선물로 준다 해도, 그 옛날 한 송이 여름 꽃이 그의 정원에서 자라나 사랑스러운 꽃잎을 조용히 피워내던 그 매혹적인 광채에 비하면 아무것도 아닐 것이다. 그 옛날의 까치밥나무 덤불 역시 마찬가지였다. 그는 지금도 덤불의 모습을 정확하게 기억하고 있었다! 지금 그 덤불은 사라지고 없다. 그것들이 영원히 상하지 않고 존재할 수는 없었던 것이다. 누군가가 그것들을 뽑고 파내어 태워버렸다. 나무와 뿌리와 시든 잎들이 함께 불태워졌고 아무도 그걸 슬퍼하지 않았다.

그렇다, 이곳에서 그는 종종 마홀트와 함께 있곤 했더랬다. 그는 이제 의사이자 신사가 되었고 마차를 몰고 이곳저곳으로 환자들을 찾아다닌다. 또한 그는 여전히 선량하고 올바른 사람일 것이다. 그러나 그 역시도, 이 영리하고 건장한 사내 역시도, 그 옛날에 비한다면, 그 옛날의 경건하고 수줍음 많고 기대에 차 있던 매력적인 소년에 비한다면 무엇이겠는가? 이곳에서 크눌프는 그에게 파리를 가둬둘 우리와 메뚜기를 넣을 널빤지 탑 만드는 법을 가르쳐주었다. 그는 마홀트의 선생이었고, 그보다 더 뛰어나고 영리하며 존경받는 친구였다.

이웃집 라일락은 늙어서 이끼가 긴 채 말라 죽어 있었고, 다른 집 정원에 세워져 있던 판잣집은 허물어져 버렸다. 사람들은 그 자리에 원하는 것을 다시 세울 수는 있겠지만, 그 모든 것들이 결코 예전처럼 그렇게 아름답고 행복하고 조화로울 수는 없을 것이다.

날이 어두워지며 서늘해지기 시작하자 크눌프는 잔디가 말라버린 정원을 떠났다. 시내의 모습을 바꾸어 버린 새로 세운 교회 탑에서 새 종이 큰 소리로 울리고 있었다.

그는 무두질 작업장의 문을 통해 무두장이네 정원으로 들어섰는데, 일이 끝난 시간이어서인지 아무도 보이지 않았다.

정원 곳곳에 웅덩이들이 입을 벌리고 있었는데, 그 안에는 짐승 가죽이 양잿물 속에 담겨 있었다. 그는 인기척을 내지 않고 무른 땅을 밟으며 웅덩이들을 지나 작은 담장이 서 있는 곳에 이르렀다. 담장 근처의 강물은 이미 어두운 빛을 띠고 이끼 낀 녹색의 돌들 위로 흘러가고 있었다. 그곳은 언젠가 저녁 시간에 그가 프란치스카와 맨발을 물속에서 철벙거리며 앉아 있던 장소였다.

크눌프는 생각했다. 그녀가 자신의 기다림을 헛되게 하지 않았더라면 모든 것이 달라졌을 것이라고. 비록 라틴어 학교를 다니며 학업을 계속할 수 있는 기회는 놓쳤다 해도 다른 무언가가 될 만한 능력과 의지는 충분히 가지고 있었던 것이다. 삶은 얼마나 단순하고 명확했던가! 당시에 그는 아무렇게나 행동하면서 더 이상 어떤 것도 알고 싶어 하지 않았다. 삶은 그에 동의했고, 그에게 아무것도 요구하지 않았다. 그는 국외자였다. 배회하며 구경하는 사람이었다. 아름다운 젊은 날에는 사랑받았으나 이제 병들고 나이 들자 혼자가 되었다.

그는 극심한 피로를 느끼고 나직한 담 위에 주저앉았다. 강물은 쏴쏴거리며 그의 기억 속으로 어둡게 흘러들고 있었다. 그때 그의 위쪽에서 창문 하나가 불을 밝혔다. 그걸 보자 시간이 늦었으며 여기에 그가 있는 것을 누가 보아서는 안 된다는 생각이 떠올랐다. 그는 조용히 무두장이네 정원을 지나 문밖으로 빠져나와서 윗옷의 단추를 채우고는 잠잘 곳을 생각해 보았다. 그에게는 돈이 있었다. 의사가 준 돈이었다. 잠시 생각을 해본 그는 어느 여인숙으로 숨어들었다. '천사 여관'이나 '백조 여관'으로 갈 수도 있었다. 그곳에 가면 그를 아는 사람들이 있을 것이고 친구도 만날 수 있을 터였다. 그러나 지금 그는 그런 일에는 관심이 없었다.

고향 도시의 많은 것이 변했다. 예전 같으면 사소한 것까지도 그의 관심을 끌었을 테지만, 이번에는 예전부터 있어 왔던 것 말고는 그 무엇도 보고 싶지도, 알고 싶지도 않았다. 그리고 몇 마디 질문 끝에 프란치스카가 살아 있지 않다는 얘기를 듣게 되자 모든 것이 빛을 잃었다. 그는 오로지 그녀 때문에 이곳에 온 것 같은 생각이 들었다. 사실 이곳에서 골목과 정원 사이를 헤매고 다니며, 그를 아는 사람들로부터 동정 어린 조롱을 받는 것은 아무 의미도 없는 일이었다. 게다가 좁은 우편도로에서 우연히 수석 보건의와 마주치게 되자 갑자기 저 위쪽 병원에서 결국 그가 오지 않은 것을 깨닫고 그를 찾고 있을지 모른다는 생각이 들었다. 즉시 그는 어느 빵집에서 기다란 빵 두 덩이를 사서 윗옷 주머니에 욱여넣고는 정오가 되기도 전에 시내를 벗어나 가파른 산길을 올라갔다.

높이 올라가니 숲 가장자리에서 길이 마지막으로 크게 구부러지는 곳이 있었는데, 거기에 어느 먼지투성이 사내가 돌무더기 위에 앉은 채 자루가 긴 망치로 회청색 패각석회암을 두들겨 조각내고 있었다.

크눌프는 그를 바라보고는 인사를 건네며 멈춰 섰다.

"안녕하시오." 사내는 그렇게 말하고는 고개도 들지 않은 채 망치질을 계속했다.

"내가 보기엔 이런 날씨가 오래 계속되진 않을 것 같군요."

크눌프가 시험 삼아 말을 걸어봤다.

"그럴 수도 있겠죠." 돌을 두들기던 사내는 중얼거리듯 말하고는, 환한 길 위에 비치는 정오의 햇빛 때문에 눈부셔 하며 잠시 위를 올려다보았다. "어딜 가는 길이시오?"

"교황을 만나러 로마로 가는 길이죠." 크눌프가 말했다. "아직 멀었겠죠?"

"오늘 안엔 절대 못 갑니다. 여기저기 멈춰 서서 일하는 사람들을 방해해가면서는 몇 년이 지나도 도착 못 할 거요."

"아, 그렇게 생각하십니까? 글쎄, 다행스럽게도 서둘러야 할 일은 아니니까요. 당신은 부지런한 분이군요, 안드레스 샤이블레 씨."

석공은 손을 눈 위에 대고는 그 방랑자를 유심히 쳐다보았다.

"당신이 날 안단 말이죠." 그가 조심스럽게 말했다. "나도 당신을 알 것 같기는 한데, 다만 이름이 아직 떠오르지 않네요."

"그렇다면 1890년에 우리가 매번 자리 잡곤 했던 술집 '게'의 늙은 주인에게 물어봐야겠군요. 물론 더 이상 살아 있는 사람이 아니겠지만."

"세상 떠난 지 오래되었죠. 이제야 떠오르는군, 이 친구. 자네, 크눌프로군. 잠깐 앉아봐, 잘 지냈나."

크눌프는 앉았다. 그는 너무 빨리 걸어 올라왔기 때문에 숨을 쉬는 게 힘겨웠다. 파란빛으로 반짝이는 강, 수많은 적갈색의 지붕들과 그 사이사이 작은 섬처럼 자리한 푸른 나무들이 어우러져 저 아래 보이는 작은 도시가 얼마나 아름다운지를

종말

그는 이제야 느끼고 있었다.

"자넨 이 높은 곳에서 잘 지내고 있군." 그는 심호흡을 하며 말했다.

"그렇네, 불평할 수야 없지. 자넨 어떤가? 예전엔 산 오르기가 더 쉬웠었지, 안 그래? 자네 너무 심하게 헐떡이는군그래, 크눌프. 고향을 다시 한 번 방문한 참인가?"

"그래, 샤이블레. 이게 마지막 방문이 될 걸세."

"왜 그래?"

"바로 폐가 망가져버렸기 때문이지. 별수 없지 않겠나?"

"이 친구야, 자네가 고향에서 계속 살면서 열심히 일하고 아내와 자식도 얻고, 또 매일 밤 편안한 잠자리를 가졌더라면, 아마도 자네가 이렇게 되진 않았을 거야. 그래, 이런 내 생각이야 자네가 예전부터 알고 있는 것일 테고. 이젠 어쩔 수가 없는 거지. 그런데 그렇게 심각한가?"

"아, 모르겠어. 아니, 알아, 벌써 알고 있지. 완전히 내리막길이야, 그것도 날마다 조금씩 더 빠르게. 홀몸이어서 아무에게도 짐이 되지 않으니 정말 다행스러운 일이지."

"어떻게 생각하든 그건 자네 문제일세. 하지만 정말 안됐네."

"그럴 필요 없네. 사람은 언젠가는 죽어야 하는 것이고, 그건 석공도 마찬가지니까. 그래, 이 친구야, 우리 둘이 이렇게 앉아 있지만 이젠 둘 다 많은 공상을 할 수는 없게 됐네. 자네도 예전엔 다른 생각을 품은 적이 있었는데 말야. 그때 철도 쪽에서 일하고 싶어 하지 않았던가?"

"어허, 그거야 옛날 얘기지."

"자네 아이들은 건강하고?"

"그렇다네. 야콥은 벌써 밥벌이를 하고 있지."

"그런가? 허, 세월이 빠르군. 그래, 이제 난 좀 더 올라가 봤으면 하네."

"그렇게 바쁘지도 않잖아. 우린 정말 오랜만에 만난 건데 말이야! 이봐, 크눌프, 내가 뭘 좀 도울 게 없을까? 지금 가진 게 많지는 않지만, 반 마르크는 될 거야."

"그건 자네가 써야지, 이 친구야. 정말 고맙네만, 괜찮네."

그는 뭔가 더 얘기하려 했지만 가슴 주위가 아파왔다. 그는 침묵했고, 석공은 자신의 과실주 병을 마시라고 건네줬다. 그들은 잠시 시내를 내려다봤다. 물레방아 주위의 수로에서 햇빛이 강렬하게 반사되고, 짐마차가 돌다리 위를 천천히 지나가고 있었다. 그리고 제방 아래서는 하얀 거위 떼가 한가로이 헤엄쳐 다니고 있었다.

"이제 잘 쉬었으니 가봐야겠네." 크눌프가 다시 말을 시작했다.

석공은 생각에 잠긴 채 앉아서 고개를 흔들었다.

"이보게, 내 말 좀 들어봐. 자네는 이런 가련한 떠돌이로 머물고 말 사람이 아니었어." 그가 천천히 말했다. "자넬 생각하면 정말로 안타까워. 자네 알지, 크눌프, 난 분명 독실한 신자는 아니지만 그래도 성경에 쓰인 말은 진심으로 믿어. 자네도 생각을 해봐야 해. 자네는 해명을 해야 할 거야, 그렇게 쉽게 넘어가지는 않을 걸세. 자네에겐 다른 사람보다 뛰어난 재능이 있었어. 그런데도 자넨 아무것도 되지 않았잖아. 내가 이렇게 말한다고 화를 내선 안 되네."

이제 크눌프는 미소 짓고 있었다. 그의 눈에서는 예전의 악의 없는 장난기가 희미하게 빛나고 있었다. 그는 친구의 팔을 다정하게 두드리며 일어섰다.

"이제 곧 알게 되겠지, 샤이블레. 아마 하느님은 나더러 '너는 왜 판사가 되지 않았느냐?' 하고 묻지는 않으실 거야. 아마도 그분은 그냥 이렇게 말씀하시겠지. '다시 돌아온 거냐, 이 철부지야?' 그러시면서 저 위에서 애를 보게 하시거나, 뭐 그런 쉬운 일을 맡기실 거야."

안드레스 샤이블레는 파란색과 하얀색 체크무늬 셔츠 아래로 어깨를 으쓱해 보였다.

"자네하곤 진지한 얘기를 할 수가 없다니까. 자네 말인즉, 크눌프가 나타나면 하느님도 농담만 하실 거라 이거지."

"그건 아냐, 하지만 그럴 수도 있지 않을까?"

"그런 소리 말게!"

그들은 악수를 나누었다. 그러면서 석공은 바지 주머니에서 몰래 끄집어낸 작은 동전을 그의 손에 슬쩍 쥐여주었다. 크눌프는 상대의 기쁨을 망치지 않기 위해 만류하지 않고 그것을 받았다.

그는 다시 한 번 정든 고향의 골짜기에 눈길을 던지고는, 안드레스 샤이블레를 돌아보며 한 번 더 고개를 끄덕였다. 그러더니 그는 기침을 하기 시작했고, 걸음을 빨리하여 곧 위쪽의 숲모퉁이를 돌아 사라졌다.

두 주가 흘렀다. 그사이 안개 끼고 차가운 날씨가 계속되면서도 여전히 햇빛 비치는 날이 남아 있어서 뒤늦은 초롱꽃이 피고 추운 가운데 나무딸기가 익기도 했다. 그러더니 갑작스럽게 겨울이 닥쳐왔다. 혹독한 추위가 시작되고, 그로부터 사흘째 되는 날에는 공기가 온화해지면서 빠른 속도로 많은 양의 눈이 내렸다.

이 기간 내내 크놀프는 목적도 없이 계속해서 고향 주변을 돌아다녔다. 그동안 그는 두 번이나 숲속에 숨어 아주 가까이에서 석공 샤이블레를 바라보며 관찰했다. 하지만 또다시 그를 부르거나 하지는 않았다. 생각해야 할 것이 너무 많았다. 그 길고도 힘겹고 의미 없는 여행 내내 그는 어긋나고 뒤엉켜버린 자신의 삶 속에 깊이깊이 빠져들었다. 그것은 마치 질긴 가시덤불 속으로 빠져드는 것과 같았는데, 그는 자신의 삶에서 어떤 의미나 위로도 발견하지 못했다. 그때 병마가 새로이 그를 덮쳤다. 어느 날인가는 하마터면 다 그만두고 게르버자우로 돌아가 병원 문을 두드릴 뻔했다. 그러나 하루 종일 홀로 지낸 후 다시 저 아래 시내를 바라보았을 때 그에게는 모든 것이 낯설고 적대적인 것처럼 느껴졌고, 이제 그는 결코 그곳에 속한 사람이 아니라는 것이 분명해졌다. 때때로 그는 마을에서 빵 한 덩어리를 샀다. 개암나무 열매 또한 충분히 남아 있었다. 그는 삼림 노동자들의 작은 통나무집이나 들녘의 짚단 사이에서 밤을 보냈다.

이제 그는 눈보라가 거세게 몰아치는 가운데 볼프스베르크를 지나 골짜기의 물레방앗간을 향해 가고 있었다. 지치고 쇠약해졌는데도 그는 걸음을 멈추지 않았다. 마치 자기 삶의 마지막 날들까지도 더 힘 있게 사용하여 모든 숲 가장자리와 숲속의 길들을 따라 걷고 또 걸어야만 한다는 듯이. 병들고 지쳤는데도 그의 두 눈과 코는 예전의 민첩함을 유지하고 있었다. 더 이상 아무런 목표가 없었는데도 그는 예민한 사냥개처럼 사방을 쳐다보고 냄새 맡으며, 땅의 모든 침강, 모든 바람결, 모든 짐승의 흔적 등을 확인하면서 다녔다. 그의 의지는 그곳에 없었으며, 그의 다리는 저절로 걸어가고 있었다.

그러면서도 며칠 전부터 그는 생각 속에서 거의 언제나 하느님 앞에 서서 끊임없이 그분과 대화하고 있었다. 두려움 같은 것은 없었다. 그는 하느님이 우리에게 아무것도 할 수 없는 분이라는 걸 알고 있었다. 그러나 하느님과 크눌프는 그의 삶이 무의미했는지에 대해, 그리고 그것이 어떤 식으로 달라질 수 있었는지, 또 이런저런 일들이 왜 그런 식으로 진행될 수밖에 없었는지에 대해 함께 이야기했다.

"그때였어요." 크눌프가 연신 고집을 부렸다. "제가 열네 살이고 프란치스카가 절 버리고 떠나버렸던 그때 말입니다. 그때만 해도 전 여전히 무언가가 될 수 있었을 겁니다. 하지만 그 후 제 안의 무엇인가가 고장났던가 망가져버렸던 거죠. 그때부터 전 아무 쓸모없는 인간이 되어버렸어요. 아뇨, 잘못은 단지 당신께서 제가 열네 살일 때 죽게 하지 않으셨다는 거죠! 그랬더라면 나의 삶은 잘 익은 사과처럼 아름답고 완전한 것이었을 텐데요."

그러나 하느님은 연신 미소를 지으셨고, 때로는 몰아치는 눈보라 속에 자신의 얼굴을 완전히 숨기기도 하셨다.

"자, 크눌프야." 하느님이 타이르듯 말씀하셨다. "네가 청년 이었을 때를 한번 생각해 보려무나. 오덴발트에서의 여름과 래히슈테텐에서 보냈던 시절도 생각해 봐라! 넌 그때 노루처럼 춤추며 몸의 마디마디에서 아름다운 생이 약동하는 것을 느끼지 않았느냐? 너는 아가씨들의 눈에서 눈물이 흐를 만큼 멋지게 노래하고 하모니카를 연주하지 않았느냐? 바우어스빌에서의 일요일들을 아직도 기억하느냐? 너의 첫 번째 연인인 헨리에테도 기억하느냐? 그래, 그 모든 것이 아무것도 아니란 말이냐?"

크눌프는 생각에 잠기지 않을 수 없었다. 젊은 시절 그가 느꼈던 기쁨이 마치 먼 산 위에서 타오르는 불길처럼 흐릿한 아름다움으로 빛을 발하고, 꿀과 포도주처럼 진하고 달콤한 향기를 풍겼다. 그러고는 이른 봄밤의 따스한 바람과도 같이 나지막한 소리를 울리는 것이었다. 아, 정말이지 그때는 아름다웠다. 기쁨도 아름답고 슬픔도 아름다웠다. 어느 하루라도 빼버리기가 무척 아쉬울 만큼!

"그래요, 아름다웠습니다." 그는 인정했다. 하지만 피곤한 어린애처럼 심하게 울먹이며 항변하는 것이었다. "그때는 아름다웠습니다. 물론 죄와 슬픔도 이미 거기 함께 있었지만요. 그래도 좋은 시절이었던 것은 사실입니다. 아마 그 당시의 저만큼 좋은 술을 마시고 즐겁게 춤을 추고 멋진 사랑의 밤을 지새웠던 사람은 많지 않을 겁니다. 하지만 그러고 나서, 그러고 나선 그 모든 게 끝나버려야 했습니다! 이미 그때부터 행복 속에 가시가 박혀 있었어요. 그리고 더는 그토록 좋은 시절이 오지 않았죠. 안 왔어요, 한 번도요."

하느님은 멀리 눈 더미 속으로 사라지셨다. 크눌프가 재차 숨을 몰아쉬고 조그만 핏덩이들을 눈 속에 뱉어내느라 멈춰 서자, 하느님은 돌연 다시 나타나 대답하셨다.

"말해 봐라, 크눌프야, 넌 감사할 줄 모르는 아이로구나? 너의 건망증이 그토록 심하다니 웃지 않을 수 없구나! 네가 무도장의 왕이었던 시절과 헨리에테에 대해 우린 함께 얘기했다. 그리고 너 스스로 인정할 수밖에 없지 않니. 그때가 정말 아름답고 행복한 시절이었고 의미 있는 시절이었다고. 헨리에테에 대한 추억이 그렇다면 말이다, 얘야, 그럼 리자베트는 어떠냐? 그래, 그 애는 완전히 잊어버릴 수 있었단 말이냐?"

또다시 한 조각의 기억이 멀리 떨어진 산맥처럼 크눌프의 눈앞에 나타났다. 그것은 이전의 기억만큼 행복하고 재미있어 보이지는 않았지만 그 대신 마치 여인들이 눈물 흘리며 미소 짓는 모습처럼 훨씬 내밀하고 진실된 빛을 발하고 있었다. 그가 오랫동안 까맣게 잊어버리고 있었던 시간들이 무덤으로부터 일어섰다. 그 가운데에 아름답고 슬픈 눈을 가진 리자베트가 작은 사내아이를 품에 안은 채 서 있었다.

"전 정말 나쁜 놈이었어요!" 그가 또 한탄을 시작했다. "아녜요, 리자베트가 죽었을 때 저도 죽어버려야 했어요."

하지만 하느님은 그의 말을 막으셨다. 하느님은 밝은 눈으로 크눌프를 뚫어질 듯 바라보더니 계속해서 말씀하셨다. "그만해라, 크눌프야! 넌 리자베트를 매우 고통스럽게 했다. 그건 틀림없는 사실이다. 하지만 너도 잘 알고 있듯이 그 애는 너로부터 나쁜 것보다는 사랑스럽고 아름다운 것을 훨씬 더 많이 받았다. 그 애는 한순간도 너를 원망하지 않았다. 이 철부지야, 이 모든 일들이 어떤 의미를 가지는지 아직도 모르겠느냐? 네가 근심 걱정 모르는 방랑자가 되어 이곳저곳에서 어린아이 같은 행동과 어린아이의 웃음을 전달해 주어야만 했다는 것을 깨닫지 못하겠니? 그래서 세상 곳곳의 사람들이 너를 사랑하기도 하고 조롱하기도 하고, 그러면서 너에게 고마워하기도 했다는 것을 모르겠니?"

"결국 맞는 말씀이긴 해요." 크눌프가 잠시 침묵하더니 나지막한 목소리로 시인했다. "하지만 그것도 모두 제가 아직 젊었을 적, 옛날이야기예요! 저는 왜 그것들로부터 아무것도 깨닫지 못하고, 또 훌륭한 인간도 못 되었을까요? 시간이 충분히 있었는데 말입니다."

눈보라가 멈췄다. 크눌프는 잠시 멈춰 서서 모자와 옷 위로 두툼하게 쌓인 눈을 털어내려고 했다. 하지만 그는 그렇게 하지 못했다. 그는 멍하고 피곤해지는 것을 느꼈다. 이제 하느님은 그의 바로 앞에 서 계셨다. 그분의 밝은 눈은 크게 열려 있고 해처럼 빛나고 있었다.

"이제 그만 만족하거라." 하느님께서 경고하듯 말씀하셨다. "한탄하는 게 무슨 소용이 있느냐? 모든 일이 선하고 바르게 이루어져 왔고 그 어떤 것도 다르게 되어서는 안 되었다는 것을 정말 모르겠니? 그래, 넌 지금 신사가 되거나 기술자가 되어 아내와 아이를 갖고 저녁에는 주간지를 읽고 싶은 거냐?

종말

넌 금세 다시 도망쳐 나와 숲속의 여우들 곁에서 자고 새 덫을 놓거나 도마뱀을 길들이고 있지 않을까?"

크눌프는 다시 걷기 시작했다. 그는 지쳐 비틀거리면서도 스스로는 아무것도 느끼지 못하고 있었다. 그는 훨씬 기분이 좋아져서 하느님이 그에게 얘기해 주신 모든 것들에 대해 감사한 마음으로 고개를 끄덕였다.

"보아라." 하느님께서 말씀하셨다. "난 오직 네 모습 그대로의 널 필요로 했다. 나를 대신하여 넌 방랑했고, 안주하여 사는 자들에게 늘 자유에 대한 그리움을 조금씩 일깨워주어야만 했다. 나를 대신하여 너는 어리석은 일을 했고 조롱당했다. 네 안에서 바로 내가 조롱을 당했고 또 네 안에서 내가 사랑받은 것이다. 그러므로 너는 나의 자녀요, 형제요, 나의 일부다. 네가 어떤 것을 누리든 어떤 일로 고통받든, 내가 항상 너와 함께했었다."

"그래요." 크눌프가 말하며 무겁게 고개를 끄덕였다. "네, 맞습니다. 실은 저도 늘 그 사실을 알고 있었습니다."

그는 눈 속에 편안하게 누웠다. 그의 지친 사지는 아주 가벼워졌고 열에 들뜬 두 눈은 미소 짓고 있었다.

잠시 잠들기 위해 그가 눈을 감았을 때에도, 그는 여전히 하느님의 음성을 들었고 그분의 밝은 두 눈을 보고 있었다.

"그렇다면 더 한탄할 게 없겠지?" 하느님께서 물으셨다.

"없습니다." 크눌프가 고개를 끄덕이며 수줍게 웃었다.

"그럼 모든 게 좋으냐? 모든 것이 제대로 되었느냐?"

"네." 그가 고개를 끄덕였다. "모든 것이 제대로 되었어요."

하느님의 음성이 낮아지더니 때로는 어머니의 음성처럼, 때로는 헨리에테의 음성처럼, 때로는 리자베트의 선량하고 부드러운 음성처럼 들려왔다.

크눌프가 한 번 더 눈을 떴을 때는 해가 빛나고 있었는데, 그 빛이 너무나 강렬해서 그는 재빨리 눈을 감아야 했다. 그는 자신의 손 위로 눈이 무겁게 쌓여 있는 것을 느꼈고 그것을 털어내려고 했다. 하지만 잠들고 싶다는 의지가 다른 어떤 의지보다도 강렬해지고 있었다.

자유롭고 고독한 삶의 예술가

독일 남서부 슈바르츠발트의 울창한 삼림 지역에 자리한 헤르만 헤세의 고향 칼프 시내에 들어서면서 제일 먼저 만나게 되는 것은 방랑자 크눌프의 동상이다. 양복 차림의 그는 멋진 모자를 약간 뒤로 젖혀 쓰고 방랑자용 지팡이에 몸을 기댄 채, 다음 목적지를 고민하듯 가벼운 미소를 띠고 먼 곳을 바라보고 있다. 그곳으로부터 한 블록쯤 떨어진 곳에서 헤세의 동상은 도시를 따라 흐르는 나골트 강의 다리 위에 선 채 아련한 눈빛으로 시내 쪽을 바라보고 있다. 곧 발걸음을 뗄 듯한 자세로 한 손에 모자를 쥐고 선 그는 자신의 고향에 작별을 고하는 모습이다. 고향 칼프를 사랑하지만, 언제나 떠날 준비를 하고 있는 두 아들을 도시는 따뜻하게 품어주고 있다.

헤르만 헤세는 평생 안정적인 시민의 삶과 자유로운 예술가의 삶 사이에서 갈등하고 그 가운데서 균형을 잡기 위해 애썼던 작가이다. 그러면서도 그는 자신이 본질상 방랑자라고 생각했고, 아무것도 책임지지 않고 언제든 먼 세상으로 떠날 수 있는 삶을 동경했다. 크눌프는 그런 그가 아끼고 사랑하는 인물이다. 크눌프는 헤세의 여러 작품들 속의 주인공들과 형제이며 작가 자신의 분신이기도 하다. 헤세는 크눌프에 대한 자신의 애정을 이렇게 표현했다.

> 자네가 『크눌프』를 다시 읽었다니 나도 기쁘네. 왜냐하면 내게는 그 작품이 여러 발전 단계를 뛰어넘어 여전히 친근하고 사랑스럽게 남아 있는 몇 안 되는 작품들 중의 하나이기 때문이지. 브루노[1]와 함께 언젠가 몇 년 만에 나의 고향 골짜기와 고향 도시 칼프를 다시 찾았을 때 놀라운 경험을 했네. 내가 거리 곳곳에서 보게 되거나 살아 있다고 느낀 것은 내 부모님과 조부모님의 모습도, 어린 시절의 내 모습도 아니었네. 그것은 크눌프였네. 내게는 크눌프와 고향이 하나가 되었다는 것을 그때에야 비로소 분명히 깨달았네.
> — 1954년 1월 에른스트 모르겐탈러에게 보낸 편지 중에서

작품 속에서 크눌프의 고향인 '게르버자우(Gerbersau)'가 헤세가 자신의 고향 칼프를 부르던 애칭이라는 점에서도 그와 헤세와의 동질성이 드러난다. '게르버'는 중세 이래 칼프의 대

---

1) 헤세의 큰아들.

표적인 산업이었던 무두질 장인을 의미한다. 헤세의 작품들은 자전적인 색채를 띠고 있는 경우가 많은데, 그 중에서도 특히 고향 도시에서의 유년 시절과 청년 시절을 묘사한 작품들을 '게르버자우 연작소설'이라고 부르며 『크눌프』는 그에 속하는 대표적인 소설이다. 세 편의 이야기로 이루어진 이 작품은 1907년에서 1914년 사이에 보덴제 근처의 가이엔호펜과 베른에서 쓰여 서로 다른 잡지에 독립적으로 실렸다. 1908년 《노이에 룬트샤우(Neue Rundschau)》에 「크눌프에 대한 나의 회상」이, 1913년 《데어 그라이프(Der Greif)》에 「초봄」이, 1914년 《도이체 룬트샤우(Deutsche Rundschau)》에 「종말」이 발표되었다. 1차 세계 대전이 한창이던 1915년 이 이야기들은 한 권의 책으로 묶여 피셔 출판사에서 출간되었다. 이전에 경험해 보지 못한 폭력과 대량 살상이 자행되는 전쟁으로 인해 상처받고 지친 사람들에게 평화로운 고향 산천을 자유롭게 쏘다니며 휴식하고 노래하는 크눌프는 작은 위로와 희망이 되었고, 1919년 『데미안』이 발표되기 전까지 『크눌프』는 헤세의 작품 중에서 가장 사랑받는 작품이 되었다. 또한 이 작품은 헤세가 1차 세계 대전 중 심각한 위기를 경험하고 창작의 위기를 맞기 이전에 완성되어 헤세의 창작 전반기를 마무리하는 작품이기도 하다. 이후 그는 과열된 민족주의를 경계하고 세계 평화와 반전을 주장하는 글을 발표하여 독일 내 극우파와 보수 언론의 비난과 공격의 대상이 되고, 개인적으로는 아버지의 죽음, 아내의 정신질환, 막내아들의 뇌막염 발병 등의 가정적 비극을 겪으면서 신경쇠약증세가 심해져서 입원까지 하게 된다. 1916년에 헤세가 융의 제자인 요제프 베른하르트 랑 박사에게 60차례 이상의 정신분석치료를 받은 이후에 쓰인 『데미안』, 『싯다르타』(1922), 『황야의 늑대』(1927), 『나르치스와 골드문트』(1930) 등 창작 중반기의 작품들은 심층심리학의 영향을 받아 인간 내면의 분열을 탐구하고 진정한 자아를 추구하는 성찰적인 성격을 더욱 강하게 띠게 된다.

헤세는 1877년 독일 남서부 뷔르템베르크 지역의 칼프에서 개신교 선교사 집안의 아들로 태어났다. 아버지 요하네스 헤세는 당시 러시아령이었던 에스토니아에서 북부 독일에 뿌리를 둔 이민자 가문에서 의사의 아들로 태어났고 인도에서의 선교 활동 후 칼프의 선교단체 출판사에서 일하다가 헤세의 어머니인 마리 군데르트를 만나 결혼했다. 그녀는 유명한 인도어학자이자 선교사인 아버지 헤르만 군데르트와 프랑스계 스위스인인 어머니가 선교 활동 중이던 인도에서 태어났으며, 역시 선교사였던 첫 번째 남편이 병으로 사망한 후, 뷔르템베르크 최초의 여성으로서 학교에서 영어교사로 일하고 훗날에는 자서전과 평전을 발간하는 등 적극적이고 활발한 사회활동을 벌였다. 군데르트의 손자이자 헤세의 사촌인 빌헬름 군데르트는 오랫동안 일본에서 활동한 일본학 및 불교문학자이기도 했다. 헤세는 태어날 때 아버지의 러시아 국적을 물려받았고, 어린 시절엔 부모와 함께 스위스 바젤로 이주하여 5년간 살며 가족과 함께 스위스 국적을 취득했으며, 다시 칼프로 돌아온 후에는 신학교 진학 자격을 얻기 위해 혼자서 독일 국적을 취득했다가 40대 중반인 1924년에 최종적으로 스위스 국적을 취득했다. 이러한 개인사적 배경에서 알 수 있듯이 헤세는 일찍부터 민족적 경계를 넘어서고 동양과 서양을 아우르는 세계시민적이고 지적인 분위기를 자연스럽게 체험하며 자랐고, 평화와 자유를 추구하는 작가로 성장할 수 있었다. 하지만 다른 한편으로 엄격한 부모의 경건주의적 신앙교육으로 인해 고집 세고 활발한 성격의 헤세는 정서적으로 억압되고 불행한 어린 시절을 보냈다. 자신의 뜻과 상관없이 성직자의 길을 걷기 위해 마울브론 신학교에 입학했던 그는 6개월 만에 학교를 뛰쳐나온 후, 자살 시도를 하고 정신병원에 입원하는 등 불안한 청소년기를 보낸다. 성장기에 겪었던 부모와의 불화와 내적인 균열은 평생 헤세를 따라다니는 불안과 고통의 원인이 되기도 했지만, 그로 하여금 작가로서 인간 내면의 문제에 천착하도록 이끄는 동력이 되기도 했다.

『크눌프』가 집필된 시기는 청소년기의 방황과 갈등을 극복하고 1904년 소설 『페터 카멘친트』의 성공으로 작가로서 인정받기 시작한 헤세가 스위스인 사진작가인 마리아 베르누이와 결혼하여 보덴제 호숫가의 작은 마을 가이엔호펜에 자리잡고 안정적인 생활을 시작했던 시기이다. 30대에 접어들어 아내와 세 아들과 함께 아름다운 정원을 가꾸고, 동료 예술가들의 방문을 받으며 전원적인 생활을 즐기던 이 시기에도 헤세는 자신의 시민적 삶에 대해 회의를 느끼고 자주 탈출을 시도한다. 1907년에는 과도한 흡연과 음주 등의 문제를 치료하기 위해 스위스 산간 마을에 조성된 현대문명을 거부하는 대안적 생활공동체 '몬테 베리타(진실의 산)'에 들어가 은거하며 금욕주의, 나체주의, 채식, 명상, 자연치유법 등을 시도하다가 큰 소득 없이 돌아오기도 하고, 1913년에는 막내아들이 태어난 지 얼마 지나지 않아 친구와 인도 여행을 떠나지만 역시 제대로 인도 땅을 밟지 못한 채 불면에 시달리는 쇠약한 몸으로 돌아오기도 한다. 직업과 결혼을 통한 평범하고 안정된 생활을 거부하고 세상을 자유롭게 떠돌며, 자연과 사람들을 관찰하고 자신의 방식대로 사랑하는 크눌프의 모습에서 30대에 접어든 헤세가 어떤 삶을 원했는지 엿볼 수 있다.

『크눌프』가 처음 발표되었을 때 비평가들은 이 작품의 유려한 문체와 부드럽고 단순한 언어, 그리고 작품 안에 그려진 전원적인 풍경을 칭찬했다. 그들은 이 작품 안에 사랑스러운 독일의 모습이 담겨 있다고 보았다. 이 작품을 읽으면서 19세기 말 독일의 생활상을 볼 수 있는 것은 사실이다. 독자들은 여유 있는 크눌프의 발걸음을 따라 소시민 가정의 모습도 엿보고 주말 풍경이며 시골의 묘지, 작은 술집까지 들여다볼 수 있다. 또한 그와 함께 무두장이, 재봉사, 선반공, 양조공, 직조공, 기계공, 대장장이, 칼 연마공, 석공 등 다양한 분야의 기술자들과 격의 없는 대화를 나눌 수 있다. 외양적인 모습뿐 아니라 직업을 신이 부여한 '소명'으로 생각하는 소박하고 건실한 시민의식까지도 만나게 된다. 하지만 작품을 좀 더 깊이 들여다보면 그 안에 조화와 평화만 담겨 있지 않고, 인간 삶의 본질적인 균열과 갈등도 담겨 있음을 발견하게 된다.

『크눌프』를 구성하고 있는 세 편의 이야기는 각각 독립적인

이야기로서 다루고 있는 시간대도, 서술방식도 다르지만 서로 긴밀하게 연결되어 있다.

「초봄」은 1890년대 2월 중순 병원에서 퇴원한 크눌프가 래히슈테텐의 무두장이 친구네에 며칠간 머물며 겪는 이야기를 그리고 있다. 그는 오랜만에 찾은 도시를 한가롭게 걸으며 옛 지인들을 만나 소식을 주고받고, 좌절하고 있는 친구에게는 위로를 건넨다. 고향을 떠나 하녀로 일하기 시작한 외로운 아가씨와 함께 대화하고 춤을 추며 그녀의 향수병을 잠시 잊게 해주기도 한다. 하지만 무엇에도 얽매이고 싶어 하지 않는 그는 친구 아내의 과도한 관심과 접근을 노련하게 피하고 예정보다 일찍 도시를 떠나기로 결정한다.

「크눌프에 대한 나의 회상」은 다른 두 이야기와 다르게 1인칭 서술자가 등장하여 자신과 크눌프가 함께 방랑했던 뜨거운 여름의 며칠 동안을 회상한다. 크눌프는 여전히 사람들에게 웃음을 주고 여인들의 관심을 끄는 매력 넘치는 행운아처럼 보이지만, 교회 묘지에 누워 서술자와 나눈 진지한 대화를 통해 그가 사랑에 실패하고 고향으로부터의 인연도 끊긴 채 살아가고 있음이 밝혀진다. 그는 인간 삶의 모든 것이 영원하지도 절대적이지도 않으며, 모든 사람은 고독하게 자신의 길을 갈 수밖에 없다고 말한다. 두 사람이 축제와도 같은 즐거운 하루를 보낸 후 크눌프는 말없이 떠나버리고, 혼자 남겨진 서술자는 깊은 고독을 맛본다.

「종말」은 40대에 접어든 크눌프가 죽음을 맞게 되는 초겨울의 몇주 간을 다루고 있다. 불라흐의 의사 마홀트는 고향의 라틴어 학교 동창이었던 크눌프를 시골길에서 우연히 만나 병색이 완연한 그를 자신의 집에 머물게 한다. 크눌프는 자신이 어린 시절에 첫사랑으로부터 쓰디쓴 배반을 당했으며, 그 이후 사람의 약속 같은 것을 믿지 않게 되었다고 고백한다. 마지막으로 자신의 고향 도시를 둘러본 후 크눌프는 혼자서 눈 쌓인 산길을 헤매며 하느님과 대화를 나눈다. 죽음을 앞두고 자신의 삶이 아무 의미 없는 것이었는지도 모른다는 두려움에 울먹이는 크눌프에게 하느님은 사람들에게 자유에 대한 그리움을 일깨워주는 것이 그의 사명이었고 하느님이 항상 그와 함께했음을 일깨워준다. 크눌프는 자신의 삶, 그리고 세상과 화해하고 평화롭게 숨을 거둔다.

크눌프는 사랑스러운 방랑자이다. 가진 것 없고 오갈 데도 마땅치 않지만, 자신의 밝은 성품과 여러 가지 재주로 다른 사람을 기쁘게 해주는 데서 만족을 느끼는 그는 어딜 가나 사랑받고 환영받는다. 그는 어느 곳에도 속해 있지 않지만 동시에 모두의 동료이기도 하다. 그가 머무르는 곳에는 잠시 즐겁고 따뜻한 기운이 감돈다. 그것은 그가 단지 아첨하고 분위기를 맞추는데 능해서가 아니라, 그가 다른 사람들의 필요를 알아채고 진정성 있게 대하기 때문이다. 그는 자신의 결핍을 숨기지 않으며, 필요하다고 여겨지면 자신의 약점까지도 솔직하게 털어놓는다. 그렇게 해서 상대방까지도 마음을 열고 얘기하게 만드는 그는 고등교육을 받지 못했지만, 심리상담 전문가 같기도 하다.

가난한 떠돌이 신세인 크눌프가 우아하게 식사 예절을 지키고, 단정하게 자신의 외모를 가꾸는 모습은 사랑스럽다. 무두장이의 집에서 구둣솔을 빌려 장화를 반짝이게 닦고, 재봉사 친구에게서 바늘과 실을 빌려 옷을 수선하고 모자와 조끼를 다림질해서 근사한 옷차림을 완성한다. 폐결핵 환자로 죽음을 앞둔 상태에서도 그는 의사인 친구가 선물해 준 옷을 수선해 입으며 즐거움을 느끼고, 대장장이 지인에게서 면도날을 빌려 깔끔하게 단장한 모습으로 친구를 놀라게 한다.

또한 그는 일상 속의 예술가이다. 섬세한 시선으로 흘러가는 구름과 바람, 꽃과 나무, 하늘과 해, 시골길과 불꽃놀이의 아름다움을 관찰하고 그것들을 사랑한다. 그의 시가 기록되거나 널리 전해지는 일은 없지만, 그는 시를 짓고 노래하기를 즐긴다. 아름다운 풍경을 보고 즉흥곡을 지어 부르고, 자신을 돌봐준 친구에게 진심을 담은 시를 지어 선물한다. 그의 예술적인 기질은 휘파람을 멋지게 불고 아코디언과 하모니카를 연주하고, 카드로 묘기를 부리고 춤을 잘 추고 달리기를 잘하는 등의 여러 가지 재주들, 실생활에 쓸모있는 것은 아니지만 삶을 잠시 흥미롭게 만들어주는 작은 재주들을 통해서도 드러난다.

독일의 문화와 역사 속에서 방랑자는 유독 사랑받는 모티브이고 중요한 사회적 현상이다. 괴테의 대표적 교양소설 『빌헬름 마이스터의 편력시대』에서는 주인공이 사회에서 인정받는 성인이자 전문가로 성장하기 위한 필수적인 절차로서 '방랑' 혹은 '편력'이 전제되어 있다. 독일어 동사 'wandern'을 번역한 '방랑하다'와 '편력하다'는 그 의미가 비슷해서 혼용하기도 하지만 번역어로서는 조금 다르게 사용될 수 있다. 방랑을 일상적인 의미에서 '정한 곳 없이 이리저리 떠돌아다님'의 의미로, 편력을 중세 이래로 체계화되어 온 장인 제도의 일부로 이해하면 좀 더 명확하게 맥락이 전달된다. 편력은 기술 습득의 기초 단계인 견습생 기간을 마친 기능공들이 장인이 되기 위한 시험을 통과해서 자신의 가게를 소유할 자격을 얻기 전에 의무적으로 다른 지역의 장인들을 찾아가서 그곳에서 묵으며 기술을 연마하는 제도이다. 직종이나 시대적 배경에 따라 편력의 조건과 기간, 옷차림과 필수 소지품, 전문용어 등이 엄격하게 규정되어 있고, 편력 기능공들은 '편력 수첩'에 자신의 이동 기록과 경력을 정확하게 기록해야 한다. 한때 도시의 산업과 문화를 지탱하는 중요한 축이었던 수공업자들의 조직인 춘프트(Zunft) 제도와 기술교육체계인 장인 제도는 19세기에 들어와 근대화와 산업화의 흐름 속에서 점차 독점권을 상실하고 유명무실해지면서 한 사회의 시민으로 받아들여지기 위한 필수 절차와도 같았던 편력 또한 그 의미를 잃어가게 된다. 그런가 하면 다른 성격의 방랑도 존재한다. 낭만주의의 작가와 화가들은 정처 없이 떠도는 자유로운 방랑자의 모습을 즐겨 그리며 이루지 못할 내적인 열망과 환상을 투영하기도 하고, 자신들이 동경하는 이상적인 사회의 모습을 표현하기도 했다. 또한 19세기 말에는 가속화된 산업화와 대도시화, 비인간화의 흐름에 저항하고 대안적 생활방식을 찾으려는 노력의 일환으로 대도시의 학생들을 중심으로 걷기장려운동인 '반더 포겔(Wandervogel) 운동'이 확산되기도 했다.

크눌프는 이전에 독일문학 속에 등장했던 방랑자들과 비슷하면서도 조금 다른 모습을 하고 있다. 그는 괴테의 주인공처럼 편력을 마치고 성공적으로 사회에 진입하는 인물도 아니고, 낭만주의의 방랑자들처럼 국경을 넘어 외국으로, 깊은 자연 속으로 경계 없이 떠도는 비현실적인 인물도 아니다. 크눌프는 경계에 서 있는 인물, 사회의 가장자리에 서 있는 인물이면서도 사회 안에 자리 잡고 살아가는 사람들에 대한 애정과 존중을 버리지 않은 인물이란 점이 먼저 두드러진다. 머물 집도, 돌볼 가족도 없는 그의 삶은 현실에 뿌리내리지 못했지만, 그는 숲속의 길을 자유로이 걷듯이 도심 속을 유유히 걸으며 다양한 직업인들과 교류하고 그들의 삶을 항상 진지하게 관심을 가지고 지켜본다. 그는 어떤 기술도 끝까지 배운 적이 없지만, 기능공들과 어울려 편력을 하고, 장인들과 전문적인 대화를 나눈다. 크눌프가 완벽한 작품처럼 위조해서 지니고 다니는 편력 수첩 또한 사회 속에서의 그의 위치와 태도를 보여준다. 가족들이 게으름을 모두 용인해 주는 고양이처럼 그는 자신이 지어낸 '멋진 허구의 삶'을 살고 있고, 거리의 경관들마저도 그런 그에게 호의적이다.

하지만 크눌프의 밝고 여유로운 예술가적 삶 뒤에는 건강을 해칠 정도의 가난과 철저한 고독이 숨어 있는데, 그 어두운 뒷면까지 드러내는 것 또한 이 작품의 특징일 것이다. 그는 남의 집에 입양된 자신의 아들을 가까이서 대할 수 없는 슬픔을 겪고 있으며, 세상의 기준으로 볼 때는 그저 멸시의 대상이며 비천한 존재일 따름이다. 그가 아프거나 외로울 때 그를 위로하고 돌보아 줄 사람 역시 아무도 없다. 거칠 것 없이 자유롭게 향유하는 삶을 살 것 같지만, 어디에도 얽매이기를 싫어하고 자신의 고독을 지켜내는 게 우선이기에 크눌프는 오히려 절제하는 삶의 태도를 유지한다. 그가 영원히 지속되는 가치는 없다고 믿고, 인간관계에 대한 환상을 품지 않는 것은 어린 시절 타인에 대한 신뢰를 배반당하고, 가족과 친구 등 사랑하는 사람들과의 관계를 지켜내지 못한 어두운 경험으로 인한 것이다. 세상의 기준이나 타인의 시선에 얽매이지 않고 자유롭고 고독한 삶을 선택했던 크눌프가 홀로 쓸쓸한 종말을 맞게 되었을 때 그는 하느님과의 대화를 통해 위로받고 삶의 의미를 부여받는다.

난 오직 네 모습 그대로의 널 필요로 했다. 나를 대신하여 넌 방랑했고, 안주하여 사는 자들에게 늘 자유에 대한 그리움을 조금씩 일깨워주어야만 했다. 나를 대신하여 너는 어리석은 일을 했고 조롱당했다. 네 안에서 바로 내가 조롱을 당했고 또 네 안에서 내가 사랑받은 것이다. 그러므로 너는 나의 자녀요, 형제요, 나의 일부다. 네가 어떤 것을 누리든 어떤 일로 고통받든, 내가 항상 너와 함께했었다.

헤세는 크눌프처럼 자유롭게 살기를 꿈꾸었지만, 크눌프의 삶을 선택하지는 않았다. 작품을 통해 자유롭고 멋진 삶의 매력을 사랑스럽게 그려냈지만, 가난과 고독의 아픔 또한 가리지 않았다. 그러면서도 그의 삶에 어울리는 작고 소박한 의미를 부여하고 위로했다.『크눌프』는 안정적인 시민적 삶과 자유롭고 고독한 예술가적 삶 사이에서 계속해서 불만스러워하고 갈등하면서도 명확한 결론에 도달하지 못했던 30대의 헤세가 찾아낸 임시 탈출구처럼 보이기도 한다.『크눌프』의 성공 이후에도 40대와 50대의 헤세는 매번 여러 내적, 외적 위기를 겪으면서, 그 극복과 치유를 위해 노력한다. 요양 치료를 받고 새로운 곳에 터전을 마련하고 새로운 사람들을 만나며 인간 내면에 깊이 자리 잡은 분열상을 연구하고 내적 균형을 찾고자 하지만 온전하게 성공하지는 못한다. 창작의 열정과 깊은 우울을 번갈아 경험하며, 크눌프와도 같이 세계로부터 멀어져야만하지만, 세계에 가까이 있고 싶은 헤세의 내적인 방랑은 평생 계속되고 그 흔적은 그의 작품 속에 짙은 흔적을 남기고 있다.『크눌프』가 출간된 지 20년 후 헤세는 크눌프의 존재에 또 다른 의미를 부여한다.

작가는 자신을 매혹시키는 것을 묘사하는 자입니다. 크눌프와 같은 인물들은 내겐 매우 매혹적입니다. 그들은 '유용하지는' 않지만, 많은 유용한 사람들처럼 해를 끼치지는 않지요. 그들을 심판하는 것은 나의 일이 아닙니다. 오히려 저는 이렇게 생각합니다. 만약 크눌프같이 재능 있고 생기 가득한 사람들이 우리의 세계 안에서 자리를 찾지 못한다면, 이 세계는 크눌프와 마찬가지로 그에 대해 책임이 있습니다. 또한 제가 독자들에게 충고하고 싶은 게 있다면, 그것은 사람들을 사랑하라는 것, 연약한 사람들, 쓸모없는 사람들까지도 사랑하되, 그들을 판단하지 말라는 것입니다.

— 1935년 2월 23일 한 독자에게 쓴 편지 중에서

독자의 입장에서 자신이 크눌프와 같다고 느끼는 사람도 있을 것이고, 크눌프를 친구나 지인으로 둔 사람도 있을 것이다. 혹은 헤세처럼 상상 속에서만 크눌프의 길을 걸어보는 사람이 있을지도 모른다. 크눌프는 한 공동체 구성원들의 진정성과 공존 가능성을 가늠해 보는 시금석과도 같은 존재인 듯하다. 그의 시선으로 세상을 바라보면, 조화롭게 보이는 외면 뒤에 숨겨진 모순과 균열상이 보이는 동시에, 틀에 박힌 바쁜 일상 속에서 보지 못하던 아름다운 자연과 소중한 가치들이 새삼스럽게 모습을 드러낸다. 시민의 직업윤리와 기준으로 볼 때 크눌프의 삶은 무가치하고, 아무 쓸모 없는 것일 수도 있으나, 그런 그를 받아들이고 그만의 재주를 뽐낼 기회를 줄 수 있는 사회라면 좀 더 다채롭고 평화로운 사회일 것이다. 크눌프는 선망의 대상도, 동정의 대상도 아니다. 어떤 길을 더 즐겨 걷느냐고, 어디까지 포용할 수 있느냐고, 삶이 개인과 사회를 향해 던지는 질문이다.

이노은

작가 연보

1877년 7월 2일 독일 남부 뷔르템베르크주의 칼프에서 선교사
의 아들로 태어났다. 외조부는 유명한 인도어학자이자
선교사인 헤르만 군데르트이다.

1881년 1886년까지 부모와 함께 스위스 바젤에 거주, 1883년
스위스 국적을 취득했다(그 전에는 러시아 국적이었음.)

1886년 1889년까지 칼프로 되돌아와, 학교에 입학했다.

1890년 1891년까지 괴핑겐에 있는 라틴어 학교에 다녔다. 뷔르
템베르크 시민권(독일 국적)을 취득했다.

1891년 1892년까지 마울브론 수도원 학교에 입학했으나 7개월
만에 도망쳤다.(시인 이외에는 아무것도 되지 않고자 했
기 때문에.)

1892년 자살 기도(6월), 슈테텐의 신경과 병원 입원(6~8월), 칸

슈타트 김나지움에 입학했다.

1894년   1895년까지 칼프의 시계 공장에서 실습했다.

1895년   1898년까지 튀빙겐 헤켄하우어 서점에서 책 정리 및
포장 견습. 시집『낭만적인 노래들(Romantische Lieder)』
을 출간했다.

1899년   소설『고슴도치(Schweinigel)』집필 시작(원고 미발견).
『자정 이후의 한 시간(Eine Stunde hinter Mitternacht)』
을 출간했다.

1901년   첫 이탈리아 여행(피렌체, 제노바, 피사, 베네치아).

1902년   『시집(Gedichte)』을 출간했다.

1903년   두 번째 이탈리아 여행(피렌체, 베네치아).

1904년   『페터 카멘친트(Peter Camenzind)』를 출간했다. 마리아
베르누이(Maria Bernoulli)와 결혼했다. 연구서『보카치
오(Boccaccio)』와『프란츠 폰 아시시(Franz von Assisi)』
를 출간했다.

1905년   큰아들 브루노(Bruno)가 태어났다.

1906년   『수레바퀴 아래서(Unterm Rad)』를 출간했다. 잡지《삼
월(März)》을 창간했다.

1907년   중단편집『이 세상에(Diesseits)』를 출간했다.

1908년   중단편집『이웃들(Nachbarn)』을 출간했다.

1909년   둘째아들 하이너(Heiner)가 태어났다.

1910년   장편『게르트루트(Gertrud)』를 출간했다.

1911년   시집『도중에(Unterwegs)』를 출간했다. 셋째아들 마르
틴(Martin)이 태어났다. 인도 여행.

1912년   단편집 『우회로들(Umwege)』을 출간했다. 스위스 베른
            으로 이주했다.

1913년   『인도에서. 인도 여행의 기록(Aus Indien. Aufzeichnungen
            einer indischen Reise)』을 출간했다.

1914년   장편 『로스할데(Roßhalde)』를 출간했다. 1차 세계대전
            이 발발하자 군 입대를 자원하였으나 복무 부적격 판
            정을 받아, 베른에서 '독일 포로 구호' 기구에 복무하
            며 전쟁 포로들과 억류자들을 위한 잡지를 발행했다.
            자신의 출판사를 만들어 1918년에서 1919년까지 22권
            의 소책자를 펴냈다.

1914년   1919년까지 수많은 정치 논문, 경고 호소문, 공개서한 등
            을 독일, 스위스, 오스트리아 신문 잡지들에 발표했다.

1915년   『크눌프. 크눌프 삶의 세 가지 이야기(Knulp. Drei
            Geschichten aus dem Leben Knulp)』, 단편집 『길가
            (Am Weg)』, 신작 시집 『고독한 사람의 음악(Musik des
            Einsamen)』, 단편집 『청춘은 아름다워라(Schön ist die
            Jugend)』를 출간했다.

1916년   부친 사망, 아내와 셋째아들의 병으로 신경쇠약 발병,
            첫 심리 치료를 받았다.

1919년   정치적 유인물 『차라투스트라의 귀환. 어느 독일인
            이 독일 젊은이들에게 보내는 한마디(Zarathustras
            Wiederkehr. Ein Wort an die deutsche Jugend von einem
            Deutschen)』를 익명으로 출간, 이듬해 베를린에서 실명
            으로 출간했다. 스위스 티치노의 몬타뇰라로 이주하여

1931년까지 거주한다.

『데미안. 한 젊음의 이야기(Demian. Die Geschichte einer Jugend)』를 에밀 싱클레어라는 가명으로 출간했다. 『동화(Märchen)』를 출간했다. 잡지 《새로운 독일적인 것을 위하여(Vivos voco)》 창간호를 발행했다.

1920년 색채 소묘를 곁들인 10편의 시 『화가의 시들(Gedichte des Malers)』, 『방랑(Wanderung)』, 단편집 『클링조어의 마지막 여름(Klingsors letzter Sommer)』을 출간했다. 도스토옙스키에 대한 에세이 『혼돈을 들여다보기(Blick ins Chaos)』를 출간했다.

1921년 『시선집(Ausgewählte Gedichte)』을 출간했다. 창작 위기. C. G. 융에게 정신상담을 받았다. 『티치노에서 그린 수채화 11점(Elf Aquarelle aus dem Tessin)』을 출간했다.

1922년 『싯다르타(Siddhartha)』를 출간했다.

1923년 『싱클레어의 수첩(Sinclairs Notizbuch)』을 출간하고, 마리아 베르누이와 이혼했다.

1924년 스위스 국적 재취득. 루트 벵거(Ruth Wenger)와 재혼했다.

1925년 『요양객(Kurgast)』을 출간했다.

1926년 『그림책(Bilderbuch)』을 출간했다. 프로이센 예술원 문학분과의 국제위원으로 선출되었다.

1927년 『뉘른베르크 여행(Die Nürnberger Reise)』, 『황야의 이리(Der Steppenwolf)』를 출간했다. 50회 생일. 후고 발이 쓴 헤세의 전기가 출간되었다. 루트 벵거와 이혼했다.

1928년   『관찰(Betrachtungen)』과 『위기. 일기 한 토막(Krisis. Ein Stück Tagebuch)』을 출간했다.

1929년   신작 시집 『밤의 위로(Trost der Nacht)』를 출간했다.

1930년   『나르치스와 골드문트(Narziß und Goldmund)』를 출간했다.

1931년   니논 돌빈(Ninon Dolbin)과 재혼하고, 몬타뇰라에 거주했다.

          『내면으로의 길(Weg nach innen)』을 출간했다.

1932년   『동방순례(Die Morgenlandfahrt)』를 출간했다.

1932년   1943년까지 『유리알 유희(Das Glasperlenspiel)』의 집필에 몰두했다.

1933년   『작은 세계(Kleine Welt)』를 출간했다.

1934년   시선집 『생명의 나무에서(Vom Baum des Lebens)』를 출간했다.

1935년   『우화집(Fabulierbuch)』을 출간했다.

1936년   『정원에서 보낸 시간(Stunden im Garten)』을 출간했다.

1937년   『기념첩(Gedenkblätter)』, 『신시집(Neue Gedichte)』, 『마비된 소년(Der lahme Knabe)』을 출간했다.

1939년   1945년까지 헤세의 작품이 독일에서 불온하다고 간주되어 『수레바퀴 아래서』, 『황야의 이리』, 『관찰』, 『나르치스와 골드문트』가 더 이상 인쇄되지 못하고, 히틀러 집권 기간인 1933~1945년 사이 독일에는 총 20종의 헤세 저서가 출간되어 있었는데, 12년간 판매된 것은 문고본 481부가 전부였다. 그런 이유로 전집은 스위스의

프레츠 운트 바스무트 출판사에서 펴냈다.

1942년   『시집(Gedichte)』이 헤세의 첫 시전집으로 나왔다(취리히).

1943년   『유리알 유희』가 출간되었다.

1945년   시선집 『꽃 핀 가지(Der Blütenzweig)』, 미완성 소설
         『베르톨트(Berthold)』, 『꿈의 여행(Traumfährte)』이 출간되었다.

1946년   『전쟁과 평화(Krieg und Frieden)』가 출간되었다. 헤세
         의 작품이 다시 독일에서 출간되기 시작했으며, 프랑크
         푸르트시가 수여하는 괴테상을 수상했다. 같은 해 노
         벨 문학상을 받았다.

1951년   『후기 산문(Späte Prosa)』과 『서간집(Briefe)』을 출간했다.

1952년   75회 생일 기념으로 선집이 발간되었다.

1954년   동화 『픽토르의 변신(Piktors Verwandlungen)』을 출
         간했다. 『헤르만 헤세-로망 롤랑 서한집(Briefwechsel:
         Hermann Hesse-Romain Rolland)』을 출간했다.

1956년   후기 산문 『마법(Beschwörungen)』을 출간했다. 독일 서
         적상의 평화상을 수상했다.

1956년   헤르만 헤세상 재단이 설립되었다(바덴뷔르템베르크 독
         일 예술후원회).

1962년   바이블러의 헤르만 헤세 전기 『헤르만 헤세. 한 편의
         전기』가 출간되었다. 8월 9일 몬타뇰라에서 사망했다.
         이후 독일에서 헤세의 작품들에 관한 연구서들이 연이
         어 출간되었다.

세계문학전집 111

크눌프

1판 1쇄 펴냄 1997년 8월 1일
1판 2쇄 펴냄 1997년 8월 21일
2판 1쇄 펴냄 2004년 11월 20일
2판 42쇄 펴냄 2024년 9월 11일

지은이 헤르만 헤세
옮긴이 이노은
발행인 박근섭, 박상준
펴낸곳 (주)민음사

출판등록 1966. 5. 19. (제 16-490호)
서울특별시 강남구 도산대로1길 62(신사동) 강남출판문화센터 5층 (우편번호 06027)
대표전화 02-515-2000 팩시밀리 02-515-2007
www.minumsa.com

ISBN 978-89-374-6111-8 04800
ISBN 978-89-374-6000-5 (세트)

* 잘못 만들어진 책은 구입처에서 교환해 드립니다.

세계문학전집 목록

1·2 변신 이야기 오비디우스 · 이윤기 옮김 서울대 권장도서 100선

3 햄릿 셰익스피어 · 최종철 옮김 서울대 권장도서 100선 | 미국대학위원회 선정 SAT 추천도서

4 변신 · 시골의사 카프카 · 전영애 옮김 서울대 권장도서 100선

5 동물농장 오웰 · 도정일 옮김 미국대학위원회 선정 SAT 추천도서 | 《타임》 선정 현대 100대 영문소설

6 허클베리 핀의 모험 트웨인 · 김욱동 옮김 《뉴스위크》 선정 100대 명저

7 암흑의 핵심 콘래드 · 이상옥 옮김 미국대학위원회 선정 SAT 추천도서 | 《뉴스위크》 선정 10대 명저

8 토니오 크뢰거 · 트리스탄 · 베네치아에서의 죽음 토마스 만 · 안삼환 외 옮김 노벨 문학상 수상 작가

9 문학이란 무엇인가 사르트르 · 정명환 옮김

10 한국단편문학선 1 김동인 외 · 이남호 엮음 국립중앙도서관 선정 청소년 권장도서

11·12 인간의 굴레에서 서머싯 몸 · 송무 옮김

13 이반 데니소비치, 수용소의 하루 솔제니친 · 이영의 옮김 노벨 문학상 수상 작가

14 너새니얼 호손 단편선 호손 · 천승걸 옮김

15 나의 미카엘 오즈 · 최창모 옮김

16·17 중국신화전설 위앤커 · 전인초, 김선자 옮김

18 고리오 영감 발자크 · 박영근 옮김

19 파리대왕 골딩 · 유종호 옮김 노벨 문학상 수상 작가 | 《타임》 선정 현대 100대 영문소설

20 한국단편문학선 2 김동리 외 · 이남호 엮음

21·22 파우스트 괴테 · 정서웅 옮김 서울대 권장도서 100선 | 미국대학위원회 선정 SAT 추천도서

23·24 빌헬름 마이스터의 수업시대 괴테 · 안삼환 옮김

25 젊은 베르테르의 슬픔 괴테 · 박찬기 옮김 논술 및 수능에 출제된 책(1998~2005)

26 이피게니에 · 스텔라 괴테 · 박찬기 외 옮김

27 다섯째 아이 레싱 · 정덕애 옮김 노벨 문학상 수상 작가

28 삶의 한가운데 린저 · 박찬일 옮김

29 농담 쿤데라 · 방미경 옮김

30 야성의 부름 런던 · 권택영 옮김

31 아메리칸 제임스 · 최경도 옮김

32·33 양철북 그라스 · 장희창 옮김 노벨 문학상 수상 작가 | 서울대 권장도서 100선

34·35 백년의 고독 마르케스 · 조구호 옮김 노벨 문학상 수상 작가 | 서울대 권장도서 100선

36 마담 보바리 플로베르 · 김화영 옮김 서울대 권장도서 100선

37 거미여인의 키스 푸익 · 송병선 옮김

38 달과 6펜스 서머싯 몸 · 송무 옮김

39 폴란드의 풍차 지오노 · 박인철 옮김

40·41 독일어 시간 렌츠 · 정서웅 옮김

42 말테의 수기 릴케 · 문현미 옮김

43 고도를 기다리며 베케트 · 오증자 옮김 노벨 문학상 수상 작가 | 서울대 권장도서 100선

44 데미안 헤세 · 전영애 옮김 노벨 문학상 수상 작가

45 젊은 예술가의 초상 조이스 · 이상옥 옮김 서울대 권장도서 100선

46 카탈로니아 찬가 오웰 · 정영목 옮김

47 호밀밭의 파수꾼 샐린저 · 정영목 옮김 《타임》 선정 현대 100대 영문소설 | 미국대학위원회 선정 SAT 추천도서 | 《뉴스위크》 선정 100대 명저 | BBC 선정 꼭 읽어야 할 책

48·49 파르마의 수도원 스탕달 · 원윤수, 임미경 옮김

50 수레바퀴 아래서 헤세 · 김이섭 옮김 노벨 문학상 수상 작가 | 국립중앙도서관 선정 청소년 권장도서

51·52 내 이름은 빨강 파묵 · 이난아 옮김 노벨 문학상 수상 작가

53 오셀로 셰익스피어 · 최종철 옮김 서울대 권장도서 100선

54 조서 르 클레지오 · 김윤진 옮김 노벨 문학상 수상 작가

55 모래의 여자 아베 코보 · 김난주 옮김

56·57 부덴브로크 가의 사람들 토마스 만 · 홍성광 옮김 노벨 문학상 수상 작가

58 싯다르타 헤세 · 박병덕 옮김 노벨 문학상 수상 작가

59·60 아들과 연인 로렌스 · 정상준 옮김 《뉴스위크》 선정 100대 명저

61 설국 가와바타 야스나리 · 유숙자 옮김 노벨 문학상 수상 작가 | 서울대 권장도서 100선

62 벨킨 이야기 · 스페이드 여왕 푸슈킨 · 최선 옮김

63·64 넙치 그라스 · 김재혁 옮김 노벨 문학상 수상 작가

65 소망 없는 불행 한트케 · 윤용호 옮김 노벨 문학상 수상 작가

66 나르치스와 골드문트 헤세 · 임홍배 옮김 노벨 문학상 수상 작가

67 황야의 이리 헤세 · 김누리 옮김 노벨 문학상 수상 작가

68 페테르부르크 이야기 고골 · 조주관 옮김

69 밤으로의 긴 여로 오닐 · 민승남 옮김 노벨 문학상 수상 작가 | 미국대학위원회 선정 SAT 추천도서

70 체호프 단편선 체호프 · 박현섭 옮김

71 버스 정류장 가오싱젠 · 오수경 옮김 노벨 문학상 수상 작가

72 구운몽 김만중 · 송성욱 옮김 서울대 권장도서 100선 | 국립중앙도서관 선정 청소년 권장도서

73 대머리 여가수 이오네스코 · 오세곤 옮김

74 이솝 우화집 이솝 · 유종호 옮김 논술 및 수능에 출제된 책(1998~2005)

75 위대한 개츠비 피츠제럴드 · 김욱동 옮김 《타임》 선정 현대 100대 영문소설

76 푸른 꽃 노발리스 · 김재혁 옮김

77 1984 오웰 · 정회성 옮김 《타임》 선정 현대 100대 영문소설 | 《뉴스위크》 선정 100대 명저

78·79 영혼의 집 아옌데 · 권미선 옮김

80 첫사랑 투르게네프 · 이항재 옮김

81 내가 죽어 누워 있을 때 포크너 · 김명주 옮김 노벨 문학상 수상 작가

82 런던 스케치 레싱 · 서숙 옮김 노벨 문학상 수상 작가

83 팡세 파스칼 · 이환 옮김

84 질투 로브그리예 · 박이문, 박희원 옮김

85·86 채털리 부인의 연인 로렌스 · 이인규 옮김

87 그 후 나쓰메 소세키 · 윤상인 옮김

88 오만과 편견 오스틴 · 윤지관, 전승희 옮김 미국대학위원회 선정 SAT 추천도서

89·90 부활 톨스토이 · 연진희 옮김 논술 및 수능에 출제된 책(1998~2005)

91 방드르디, 태평양의 끝 투르니에 · 김화영 옮김

92 미겔 스트리트 나이폴 · 이상옥 옮김 노벨 문학상 수상 작가

93 페드로 파라모 룰포 · 정창 옮김

94 차라투스트라는 이렇게 말했다 니체 · 장희창 옮김 국립중앙도서관 선정 청소년 권장도서

95·96 적과 흑 스탕달 · 이동렬 옮김 국립중앙도서관 선정 청소년 권장도서

97·98 콜레라 시대의 사랑 마르케스 · 송병선 옮김 노벨 문학상 수상 작가 | BBC 선정 꼭 읽어야 할 책

99 맥베스 셰익스피어 · 최종철 옮김 서울대 권장도서 100선 | 미국대학위원회 선정 SAT 추천도서

100 춘향전 작자 미상 · 송성욱 풀어 옮김 서울대 권장도서 100선

101 페르디두르케 곰브로비치 · 윤진 옮김

102 포르노그라피아 곰브로비치 · 임미경 옮김

103 인간 실격 다자이 오사무 · 김춘미 옮김

104 네루다의 우편배달부 스카르메타 · 우석균 옮김

105·106 이탈리아 기행 괴테·박찬기 외 옮김

107 나무 위의 남작 칼비노·이현경 옮김

108 달콤 쌉싸름한 초콜릿 에스키벨·권미선 옮김

109·110 제인 에어 C. 브론테·유종호 옮김 BBC 선정 꼭 읽어야 할 책

111 크눌프 헤세·이노은 옮김 노벨 문학상 수상 작가

112 시계태엽 오렌지 버지스·박시영 옮김 《타임》 선정 현대 100대 영문소설 | 《뉴스위크》 선정 100대 명저

113·114 파리의 노트르담 위고·정기수 옮김 미국대학위원회 선정 SAT 추천도서

115 새로운 인생 단테·박우수 옮김

116·117 로드 짐 콘래드·이상옥 옮김 《뉴스위크》 선정 100대 명저

118 폭풍의 언덕 E. 브론테·김종길 옮김 미국대학위원회 선정 SAT 추천도서

119 텔크테에서의 만남 그라스·안삼환 옮김 노벨 문학상 수상 작가

120 검찰관 고골·조주관 옮김

121 안개 우나무노·조민현 옮김

122 나사의 회전 제임스·최경도 옮김 미국대학위원회 선정 SAT 추천도서

123 피츠제럴드 단편선 1 피츠제럴드·김욱동 옮김

124 목화밭의 고독 속에서 콜테스·임수현 옮김

125 돼지꿈 황석영

126 라셀라스 존슨·이인규 옮김

127 리어 왕 셰익스피어·최종철 옮김 서울대 권장도서 100선 | 《뉴스위크》 선정 100대 명저

128·129 쿠오 바디스 시엔키에비츠·최성은 옮김 노벨 문학상 수상 작가

130 자기만의 방·3기니 울프·이미애 옮김

131 시르트의 바닷가 그라크·송진석 옮김

132 이성과 감성 오스틴·윤지관 옮김

133 바덴바덴에서의 여름 치프킨·이장욱 옮김

134 새로운 인생 파묵·이난아 옮김 노벨 문학상 수상 작가

135·136 무지개 로렌스·김정매 옮김

137 인생의 베일 서머싯 몸·황소연 옮김

138 보이지 않는 도시들 칼비노·이현경 옮김

139·140·141 연초 도매상 바스·이운경 옮김 《타임》 선정 현대 100대 영문소설

142·143 플로스 강의 물방앗간 엘리엇·한애경, 이봉지 옮김 미국대학위원회 선정 SAT 추천도서

144 연인 뒤라스·김인환 옮김

145·146 이름 없는 주드 하디·정종화 옮김

147 제49호 품목의 경매 핀천·김성곤 옮김 《타임》 선정 현대 100대 영문소설

148 성역 포크너·이진준 옮김 노벨 문학상 수상 작가 | 퓰리처상 수상 작가

149 무진기행 김승옥

150·151·152 신곡(지옥편·연옥편·천국편) 단테·박상진 옮김 《뉴스위크》 선정 100대 명저

153 구덩이 플라토노프·정보라 옮김

154·155·156 카라마조프가의 형제들 도스토옙스키·김연경 옮김

157 지상의 양식 지드·김화영 옮김 노벨 문학상 수상 작가

158 밤의 군대들 메일러·권택영 옮김 퓰리처상 수상 작가

159 주홍 글자 호손·김욱동 옮김 서울대 권장도서 100선 | 미국대학위원회 선정 SAT 추천도서

160 깊은 강 엔도 슈사쿠·유숙자 옮김

161 욕망이라는 이름의 전차 윌리엄스·김소임 옮김

162 마사 퀘스트 레싱·나영균 옮김 노벨 문학상 수상 작가

163·164 운명의 딸 아옌데·권미선 옮김

165 모렐의 발명 비오이 카사레스·송병선 옮김

166 삼국유사 일연·김원중 옮김 서울대 권장도서 100선

167 풀잎은 노래한다 레싱·이태동 옮김 노벨 문학상 수상 작가

168 파리의 우울 보들레르·윤영애 옮김

169 포스트맨은 벨을 두 번 울린다 케인·이만식 옮김

170 썩은 잎 마르케스·송병선 옮김 노벨 문학상 수상 작가

171 모든 것이 산산이 부서지다 아체베·조규형 옮김 《타임》 선정 현대 100대 영문소설

172 한여름 밤의 꿈 셰익스피어·최종철 옮김 미국대학위원회 선정 SAT 추천도서

173 로미오와 줄리엣 셰익스피어·최종철 옮김 미국대학위원회 선정 SAT 추천도서

174·175 분노의 포도 스타인벡·김승욱 옮김 노벨 문학상 수상 작가 | 《타임》 선정 현대 100대 영문소설

176·177 괴테와의 대화 에커만·장희창 옮김

178 그물을 헤치고 머독·유종호 옮김 《타임》 선정 현대 100대 영문소설

179 브람스를 좋아하세요... 사강·김남주 옮김

180 카타리나 블룸의 잃어버린 명예 하인리히 뵐·김연수 옮김 노벨 문학상 수상 작가

181·182 에덴의 동쪽 스타인벡·정회성 옮김 노벨 문학상 수상 작가

183 순수의 시대 워튼·송은주 옮김 《뉴스위크》 선정 100대 명저 | 퓰리처상 수상작

184 도둑 일기 주네·박형섭 옮김

185 나자 브르통·오생근 옮김

186·187 캐치-22 헬러·안정효 옮김 《타임》 선정 현대 100대 영문소설

188 솔로호프 단편선 솔로호프·이항재 옮김 노벨 문학상 수상 작가

189 말 사르트르·정명환 옮김

190·191 보이지 않는 인간 엘리슨·조영환 옮김 《타임》 선정 현대 100대 영문소설

192 왑샷 가문 연대기 치버·김승욱 옮김 퓰리처상 수상 작가

193 왑샷 가문 몰락기 치버·김승욱 옮김 퓰리처상 수상 작가

194 필립과 다른 사람들 노터봄·지명숙 옮김

195·196 하드리아누스 황제의 회상록 유르스나르·곽광수 옮김

197·198 소피의 선택 스타이런·한정아 옮김 퓰리처상 수상 작가

199 피츠제럴드 단편선 2 피츠제럴드·한은경 옮김

200 홍길동전 허균·김탁환 옮김

201 요술 부지깽이 쿠버·양윤희 옮김

202 북호텔 다비·원윤수 옮김

203 톰 소여의 모험 트웨인·김욱동 옮김

204 금오신화 김시습·이지하 옮김

205·206 테스 하디·정종화 옮김 미국대학위원회 선정 SAT 추천도서 | BBC 선정 꼭 읽어야 할 책

207 브루스터플레이스의 여자들 네일러·이소영 옮김

208 더 이상 평안은 없다 아체베·이소영 옮김

209 그레인지 코플랜드의 세 번째 인생 워커·김시현 옮김 퓰리처상 수상 작가

210 어느 시골 신부의 일기 베르나노스·정영란 옮김

211 타라스 불바 고골·조주관 옮김

212·213 위대한 유산 디킨스·이인규 옮김 서울대 권장도서 100선 | BBC 선정 꼭 읽어야 할 책

214 면도날 서머싯 몸·안진환 옮김

215·216 성채 크로닌·이은정 옮김

217 오이디푸스 왕 소포클레스·강대진 옮김 서울대 권장도서 100선

218 세일즈맨의 죽음 밀러·강유나 옮김

219·220·221 안나 카레니나 톨스토이·연진희 옮김 서울대 권장도서 100선

222 **오스카 와일드 작품선** 와일드 · 정영목 옮김
223 **벨아미** 모파상 · 송덕호 옮김
224 **파스쿠알 두아르테 가족** 호세 셀라 · 정동섭 옮김 노벨 문학상 수상 작가
225 **시칠리아에서의 대화** 비토리니 · 김운찬 옮김
226·227 **길 위에서** 케루악 · 이만식 옮김 《타임》 선정 현대 100대 영문소설 | 《뉴스위크》 선정 100대 명저
228 **우리 시대의 영웅** 레르몬토프 · 오정미 옮김
229 **아우라** 푸엔테스 · 송상기 옮김
230 **클링조어의 마지막 여름** 헤세 · 황승환 옮김 노벨 문학상 수상 작가
231 **리스본의 겨울** 무뇨스 몰리나 · 나송주 옮김
232 **뻐꾸기 둥지 위로 날아간 새** 키지 · 정회성 옮김 《타임》 선정 현대 100대 영문소설
233 **페널티킥 앞에 선 골키퍼의 불안** 한트케 · 윤용호 옮김 노벨 문학상 수상 작가
234 **참을 수 없는 존재의 가벼움** 쿤데라 · 이재룡 옮김
235·236 **바다여, 바다여** 머독 · 최옥영 옮김
237 **한 줌의 먼지** 에벌린 워 · 안진환 옮김 《타임》 선정 현대 100대 영문소설
238 **뜨거운 양철 지붕 위의 고양이 · 유리 동물원** 윌리엄스 · 김소임 옮김 퓰리처상 수상작
239 **지하로부터의 수기** 도스토옙스키 · 김연경 옮김
240 **키메라** 바스 · 이운경 옮김
241 **반쪼가리 자작** 칼비노 · 이현경 옮김
242 **벌집** 호세 셀라 · 남진희 옮김 노벨 문학상 수상 작가
243 **불멸** 쿤데라 · 김병욱 옮김
244·245 **파우스트 박사** 토마스 만 · 임홍배, 박병덕 옮김 노벨 문학상 수상 작가
246 **사랑할 때와 죽을 때** 레마르크 · 장희창 옮김
247 **누가 버지니아 울프를 두려워하랴?** 올비 · 강유나 옮김
248 **인형의 집** 입센 · 안미란 옮김
249 **위폐범들** 지드 · 원윤수 옮김 노벨 문학상 수상 작가
250 **무정** 이광수 · 정영훈 책임 편집 서울대 권장도서 100선
251·252 **의지와 운명** 푸엔테스 · 김현철 옮김
253 **폭력적인 삶** 파솔리니 · 이승수 옮김
254 **거장과 마르가리타** 불가코프 · 정보라 옮김
255·256 **경이로운 도시** 멘도사 · 김현철 옮김
257 **야콥을 둘러싼 추측들** 욘존 · 손대영 옮김
258 **왕자와 거지** 트웨인 · 김욱동 옮김
259 **존재하지 않는 기사** 칼비노 · 이현경 옮김
260·261 **눈먼 암살자** 애트우드 · 차은정 옮김 《타임》 선정 현대 100대 영문소설
262 **베니스의 상인** 셰익스피어 · 최종철 옮김
263 **말리나** 바흐만 · 남정애 옮김
264 **사볼타 사건의 진실** 멘도사 · 권미선 옮김
265 **뒤렌마트 희곡선** 뒤렌마트 · 김혜숙 옮김
266 **이방인** 카뮈 · 김화영 옮김 노벨 문학상 수상 작가 | 미국대학위원회 선정 SAT 추천도서
267 **페스트** 카뮈 · 김화영 옮김 노벨 문학상 수상 작가 | 국립중앙도서관 선정 청소년 권장도서
268 **검은 튤립** 뒤마 · 송진석 옮김
269·270 **베를린 알렉산더 광장** 되블린 · 김재혁 옮김
271 **하얀 성** 파묵 · 이난아 옮김 노벨 문학상 수상 작가
272 **푸슈킨 선집** 푸슈킨 · 최선 옮김
273·274 **유리알 유희** 헤세 · 이영임 옮김 노벨 문학상 수상 작가

275 픽션들 보르헤스·송병선 옮김 서울대 권장도서 100선

276 신의 화살 아체베·이소영 옮김

277 빌헬름 텔·간계와 사랑 실러·홍성광 옮김

278 노인과 바다 헤밍웨이·김욱동 옮김 노벨 문학상 수상 작가 | 퓰리처상 수상작

279 무기여 잘 있어라 헤밍웨이·김욱동 옮김 미국대학위원회 선정 SAT 추천도서

280 태양은 다시 떠오른다 헤밍웨이·김욱동 옮김 《타임》 선정 현대 100대 영문 소설

281 알레프 보르헤스·송병선 옮김

282 일곱 박공의 집 호손·정소영 옮김

283 에마 오스틴·윤지관, 김영희 옮김

284·285 죄와 벌 도스토옙스키·김연경 옮김 미국대학위원회 선정 SAT 추천도서

286 시련 밀러·최영 옮김

287 모두가 나의 아들 밀러·최영 옮김

288·289 누구를 위하여 종은 울리나 헤밍웨이·김욱동 옮김 노벨 문학상 수상 작가

290 구브로 연락 없다 멘도사·정창 옮김

291·292·293 데카메론 보카치오·박상진 옮김

294 나누어진 하늘 볼프·전영애 옮김

295·296 제브데트 씨와 아들들 파묵·이난아 옮김 노벨 문학상 수상 작가

297·298 여인의 초상 제임스·최경도 옮김 미국대학위원회 선정 SAT 추천도서

299 압살롬, 압살롬! 포크너·이태동 옮김 노벨 문학상 수상 작가

300 이상 소설 전집 이상·권영민 책임 편집

301·302·303·304·305 레 미제라블 위고·정기수 옮김

306 관객모독 한트케·윤용호 옮김 노벨 문학상 수상 작가

307 더블린 사람들 조이스·이종일 옮김

308 에드거 앨런 포 단편선 앨런 포·전승희 옮김 미국대학위원회 선정 SAT 추천도서

309 보이체크·당통의 죽음 뷔히너·홍성광 옮김

310 노르웨이의 숲 무라카미 하루키·양억관 옮김

311 운명론자 자크와 그의 주인 디드로·김희영 옮김

312·313 헤밍웨이 단편선 헤밍웨이·김욱동 옮김 노벨 문학상 수상 작가

314 피라미드 골딩·안지현 옮김 노벨 문학상 수상 작가

315 닫힌 방·악마와 선한 신 사르트르·지영래 옮김

316 등대로 울프·이미애 옮김 《타임》 선정 현대 100대 영문소설 | 《뉴스위크》 선정 100대 명저

317·318 한국 희곡선 송영 외·양승국 엮음

319 여자의 일생 모파상·이동렬 옮김

320 의식 노터봄·김영중 옮김

321 육체의 악마 라디게·원윤수 옮김

322·323 감정 교육 플로베르·지영화 옮김

324 불타는 평원 룰포·정창 옮김

325 위대한 몬느 알랭푸르니에·박영근 옮김

326 라쇼몬 아쿠타가와 류노스케·서은혜 옮김

327 반바지 당나귀 보스코·정영란 옮김

328 정복자들 말로·최윤주 옮김

329·330 우리 동네 아이들 마흐푸즈·배혜경 옮김 노벨 문학상 수상 작가

331·332 개선문 레마르크·장희창 옮김

333 사바나의 개미 언덕 아체베·이소영 옮김

334 게걸음으로 그라스·장희창 옮김 노벨 문학상 수상 작가

335 코스모스 곰브로비치·최성은 옮김

336 좁은 문·전원교향곡·배덕자 지드·동성식 옮김 노벨 문학상 수상 작가

337·338 암 병동 솔제니친·이영의 옮김 노벨 문학상 수상 작가

339 피의 꽃잎들 응구기 와 시옹오·왕은철 옮김

340 운명 케르테스·유진일 옮김 노벨 문학상 수상 작가

341·342 벌거벗은 자와 죽은 자 메일러·이운경 옮김 퓰리처상 수상 작가

343 시지프 신화 카뮈·김화영 옮김 노벨 문학상 수상 작가

344 뇌우 차오위·오수경 옮김

345 모옌 중단편선 모옌·심규호, 유소영 옮김 노벨 문학상 수상 작가

346 일야서 한사오궁·심규호, 유소영 옮김

347 상속자들 골딩·안지현 옮김 노벨 문학상 수상 작가

348 설득 오스틴·전승희 옮김

349 히로시마 내 사랑 뒤라스·방미경 옮김

350 오 헨리 단편선 오 헨리·김희용 옮김

351·352 올리버 트위스트 디킨스·이인규 옮김

353·354·355·356 전쟁과 평화 톨스토이·연진희 옮김

357 다시 찾은 브라이즈헤드 에벌린 워·백지민 옮김

358 아무도 대령에게 편지하지 않다 마르케스·송병선 옮김

359 사양 다자이 오사무·유숙자 옮김

360 좌절 케르테스·한경민 옮김 노벨 문학상 수상 작가

361·362 닥터 지바고 파스테르나크·김연경 옮김 노벨 문학상 수상 작가

363 노생거 사원 오스틴·윤지관 옮김

364 개구리 모옌·심규호, 유소영 옮김 노벨 문학상 수상 작가

365 마왕 투르니에·이원복 옮김 공쿠르상 수상 작가

366 맨스필드 파크 오스틴·김영희 옮김

367 이선 프롬 이디스 워튼·김욱동 옮김 퓰리처상 수상 작가

368 여름 이디스 워튼·김욱동 옮김 퓰리처상 수상 작가

369·370·371 나는 고백한다 자우메 카브레·권가람 옮김

372·373·374 태엽 감는 새 연대기 무라카미 하루키·김난주 옮김

375·376 대사들 제임스·정소영 옮김

377 족장의 가을 마르케스·송병선 옮김 노벨 문학상 수상 작가

378 핏빛 자오선 매카시·김시현 옮김

379 모두 다 예쁜 말들 매카시·김시현 옮김

380 국경을 넘어 매카시·김시현 옮김

381 평원의 도시들 매카시·김시현 옮김

382 만년 다자이 오사무·유숙자 옮김

383 반항하는 인간 카뮈·김화영 옮김 노벨 문학상 수상 작가

384·385·386 악령 도스토옙스키·김연경 옮김

387 태평양을 막는 제방 뒤라스·윤진 옮김

388 남아 있는 나날 가즈오 이시구로·송은경 옮김

389 앙리 브륄라르의 생애 스탕달·원윤수 옮김

390 찻집 라오서·오수경 옮김

391 태어나지 않은 아이를 위한 기도 케르테스·이상동 옮김 노벨 문학상 수상 작가

392·393 서머싯 몸 단편선 서머싯 몸·황소연 옮김

394 케이크와 맥주 서머싯 몸·황소연 옮김

395 월든 소로 · 정회성 옮김

396 모래 사나이 E. T. A. 호프만 · 신동화 옮김

397·398 검은 책 오르한 파묵 · 이난아 옮김 노벨 문학상 수상 작가

399 방랑자들 올가 토카르추크 · 최성은 옮김 노벨 문학상 수상 작가

400 시여, 침을 뱉어라 김수영 · 이영준 엮음

401·402 환락의 집 이디스 워튼 · 전승희 옮김

403 달려라 메로스 다자이 오사무 · 유숙자 옮김

404 아버지와 자식 투르게네프 · 연진희 옮김

405 청부 살인자의 성모 바예호 · 송병선 옮김

406 세피아빛 초상 아옌데 · 조영실 옮김

407·408·409·410 사기 열전 사마천 · 김원중 옮김 서울대 권장도서 100선

411 이상 시 전집 이상 · 권영민 책임 편집

412 어둠 속의 사건 발자크 · 이동렬 옮김

413 태평천하 채만식 · 권영민 책임 편집

414·415 노스트로모 콘래드 · 이미애 옮김

416·417 제르미날 졸라 · 강충권 옮김

418 명인 가와바타 야스나리 · 유숙자 옮김 노벨 문학상 수상 작가

419 핀처 마틴 골딩 · 백지민 옮김 노벨 문학상 수상 작가

420 사라진 · 샤베르 대령 발자크 · 선영아 옮김

421 빅 서 케루악 · 김재성 옮김

422 코뿔소 이오네스코 · 박형섭 옮김

423 블랙박스 오즈 · 윤성덕, 김영화 옮김

424·425 고양이 눈 애트우드 · 차은정 옮김

426·427 도둑 신부 애트우드 · 이은선 옮김

428 슈니츨러 작품선 슈니츨러 · 신동화 옮김

429·430 세계의 끝과 하드보일드 원더랜드 무라카미 하루키 · 김난주 옮김

431 멜랑콜리아 I-II 욘 포세 · 손화수 옮김 노벨 문학상 수상 작가

432 도적들 실러 · 홍성광 옮김

433 예브게니 오네긴 · 대위의 딸 푸시킨 · 최선 옮김

434·435 초대받은 여자 보부아르 · 강초롱 옮김

436·437 미들마치 엘리엇 · 이미애 옮김

438 이반 일리치의 죽음 톨스토이 · 김연경 옮김

439·440 캔터베리 이야기 초서 · 이동일, 이동춘 옮김

441·442 아소무아르 졸라 · 윤진 옮김

443 가난한 사람들 도스토옙스키 · 이항재 옮김

444·445 마차오 사전 한사오궁 · 심규호, 유소영 옮김

446 집으로 날아가다 랠프 엘리슨 · 왕은철 옮김

447 집으로부터 멀리 피터 케리 · 황가한 옮김

448 바스커빌가의 사냥개 코넌 도일 · 박산호 옮김

449 사냥꾼의 수기 투르게네프 · 연진희 옮김

450 필경사 바틀비 · 선원 빌리 버드 멜빌 · 이삼출 옮김

세계문학전집은 계속 간행됩니다.